中国短经典

一匹马两个人

迟子建 著

人民文学出版社

图书在版编目(CIP)数据

一匹马两个人/迟子建著. —北京：人民文学出版社，2020(2023.3 重印)
(中国短经典)
ISBN 978-7-02-015720-4

Ⅰ. ①一… Ⅱ. ①迟… Ⅲ. ①短篇小说-小说集-中国-当代 Ⅳ. ①I247.7

中国版本图书馆 CIP 数据核字(2019)第 193352 号

责任编辑 **甘　慧　杜玉花**
装帧设计 **高静芳**
封面绘画 **晚　门**

出版发行 **人民文学出版社**
社　　址 **北京市朝内大街 166 号**
邮政编码 **100705**

印　　刷 **山东新华印务有限公司**
经　　销 **全国新华书店等**

字　　数 **150 千字**
开　　本 **889 毫米×1194 毫米　1/32**
印　　张 **8**
版　　次 **2020 年 5 月北京第 1 版**
印　　次 **2023 年 3 月第 4 次印刷**

书　　号 **978-7-02-015720-4**
定　　价 **49.00 元**

目录

月光下的革命

火车一出关，李昌有的三个孩子就呜呜地哭。李昌有是没什么可哄他们的了，他手忙脚乱地翻了翻背包，骂了句屌蛋精光了，就兀自叹了口气朝窗外望去。然而火车恰在此时杀回了他的目光，一头钻进了一条漆黑的山洞，孩子们哭得更肆无忌惮了。

黑暗中，李昌有听见小女儿怯怯地问："爹，不回关里了？"

"关里"二字令李昌有的心抖了一下，他的眼睛随之一辣，然后咬咬牙说："不回了。"

小女儿的哭声在三兄妹中就跟她身上的花衣裳一样突出了。

火车钻出隧道后，就像一个淘气孩子从炕洞里爬出来似的满面尘垢。窗外是荒凉的，窗外是少见人烟的。

“这么多的地都没人种，”李昌有心里想，“开他几亩荒，点上种，秋天时仨孩子就饿不着了。”

可他转而又一想：“种子在哪里呢？”

李昌有想到种子的困难时心情更加沉郁了，而大儿子正哭得如醉如痴，他上去就是一巴掌，打得大儿子气噎了一下，“咯”地笑了一声，然后就不哭了。老大不哭，老二老三也就不哭了。

他们没有到达预期的目的地。火车不走了，据说前方的一个村子的桥让日本人给炸了。一个有着浓重东北口音的黑脸汉子站在车厢口吆喝道：

“想活的就下车，走不下去了！”

他说着打量了一眼李昌有和他身边的三个孩子，火气十足地问：

“这三头都是你的？”

“加上你是四头呢！”李昌有不卑不亢。

“这个世道，孩子生这么多就是累赘！”

李昌有说：“我老婆爱生，我没有办法！”

黑脸的东北人说：“伙计，下了车奔北走，走二十里左右，穿过一片大草甸子，有个叫李恒顺的，是你们本家，他会帮助你们的！”

“哪有平白无故帮助人的？”李昌有心里和嘴上说的是不一样的，“在家靠亲戚，出门靠朋友，日后过了好日子回了关里，让仨孩子给你磕头去!”

“爹，日子过好了还回关里?”小女儿不哭了。

李昌有扯扯女儿的羊角辫，像扯着几根毫无生机的稗草一样，内心充满悲凉。

李恒顺借给李昌有的房子是间马棚。李恒顺那段心情不好，正想有个朋友，李昌有就来了。李恒顺家后院起火，老婆趁他出去卖牲口的时候跟屠夫私通，让卖豆腐的从窗前看见了。卖豆腐的本不是个好事之徒，但因为李恒顺有恩于他，曾经进城帮助他买回一头价低物实的驴，这驴在磨盘前始终如一地保持着干劲，卖豆腐的便把李恒顺视为恩人。知恩图报，他将看到的事情吞吞吐吐地告诉了李恒顺。

你真是个犊子。李恒顺站在岸边，月光铺在沙滩的鹅卵石上，现出逼人的青白色，他反复重申着前面那句话。

你是个乐善好施的人，你会饶过这爷们的。屠夫指着水中自己的影子说。李恒顺朝河中的影子啐了一口痰。屠夫便抖擞了一下身子继续对水中的影子说，他是没有过错的，错就错在那个下午他收市太早，想自己的老婆了，回家去寻她，老婆却给远房亲戚家送猪下水去了，而你的老婆正站在门前的榆树下看着我，又是那么听话，一桩好事就做成了。

李恒顺咬了自己的嘴唇，咬疼后气还不匀，他就朝水中的影子扑去，我跟你这犊子拼了，他骂着，水中的影子被他压碎了，月影混沌了，他呛了几口水，他觉得身子有些往下沉，屠夫跳下去将他扯了上来。

李恒顺说，你救了我，咱们各走各的路吧。

屠夫不动声色地冷笑一声，从沙滩上消失了。

李昌有在李恒顺家住了两个春天后，日子还是不太平。他没有像预想的那样去种地，但仨孩子也没少吃粮食。住在人家就得为人家卖命吧，李昌有帮助李恒顺干所有他力所能及的活。但对于李恒顺的老婆，李昌有是不敢搭讪的。他听说过那个月光下两个男人站在河滩旁的故事，他觉得李恒顺太熊了。要是他李昌有，第一先休了自己的女人，然后就揣把菜刀革仇人的命去。不能因为对方是屠夫就手软。但话说回来，如果李恒顺像他这般，就不会收留他一家人了。

李恒顺的女人一点也不漂亮，但却是万般受看，有一种女人就是这样的，越看越对人的心思。她生了两个男孩：一个住在城里的舅舅家念学堂，一个住在家里，却常常把觉睡在朋友家，被李恒顺唤为“野狗”的，所以李恒顺两口子格外喜欢李昌有的独女丫丫。丫丫一受委屈，便能牵动李恒顺夫妇的情怀。他们收丫丫为干女儿。

拜干爹的那天，丫丫穿了新衣裳，脸上还涂了胭脂，眉心打了颗红痣。李昌有坐在炕上的八仙桌子旁，听着丫丫左一声“干爹”，右一声“干娘”地叫着，叫得他满肚子的苦水都翻起来了。李恒顺喝了两碗黄酒，他身子发虚了，他给丫丫戴手镯的时候手直打哆嗦。

丫丫说，干爹，这镯子能换来匹大马吗？

能换五匹好马！李恒顺说着，就仿佛看见五匹马打着响鼻剽悍地站在他的院子里，这情景令他感动，他的眼泪跟银子一样白花花地流了下来。

你若喜欢马，叫你干爹再给你置匹好马！干娘扯着丫丫的另一只手说。

当晚，微醉的李昌有将丫丫扯到自己的膝前，一遍遍地数落着她，你是个多没出息的孩子，给了你手镯，又要匹马，你又不会骑马，真是丢尽了你亲爹的脸。

丫丫说，我要学骑马。

你还没闻够马的气味！你就住在马棚里！你以为你自己住的是什么金銮殿、老龙宫！你住在马棚里！人家的马棚里！老老少少的都是牲口啦！李昌有歇斯底里地吼着。

丫丫便不吱声了。她压低声说了句，我想娘。

李昌有和丫丫想到一块去了。老婆的坟好几年没人给上了。他也好几年忌了女人。他的孩子吃饱了肚子，他又想了。他想李恒顺可真有福，天天跟着一个看着可人的女人住在一起。他不敢在夜晚时出门，一出门满院子的月光会使他愁肠百转，而李恒顺的瓦房是没有灯光的。“吹灯做伴”，他不敢想这句话。他早早地就拢着仨孩子睡了，夜夜如此。

但今夜他是睡不着了。他出了门，他站在院子里。院子里漂浮的月光使他滑了一下，他险些跌倒。他努力站稳了，然后朝李恒顺的屋子走去，走到窗前，他的腿就没了力气，他瘫在窗下，喊了一声，李恒顺，系上你的裤子出来！

许久之后，李恒顺提着裤带从另一间屋子出来了。而李恒顺的老婆也披着衣服从李昌有看准的屋子出来了。

他们不住在一个笼子里。李昌有心里这样想，心就平和了许多，他摆摆手对他们说，没事了，你们睡去吧。

月光把李昌有的脸洗得很白，似乎还洗出了一股香味，牛乳般的香味。李昌有回到马棚后睡得又香又甜。

许多年过去了，丫丫长大了。丫丫学会了骑马，李昌有的两个儿子也长成大小伙子了，他们离开了李昌有，到城里闯天下去了。李昌有家不再住马棚，他们住进了一间瓦房，是靠自己的力气盖起来的瓦房，住得很舒坦。窗外的和平终于像流水一样灌溉着田野和两岸的人民了。李恒顺得了场重病，最终一病不起，弥留之际他将守在膝前的一家人都撵到院子里，当然，他留下了一个人，那个人便是李昌有。

这个人的眉毛乱了套了。李昌有望着李恒顺想，一个人将死的时候竟会这么痛苦吗？那人的鼻子不像鼻子，嘴唇不像嘴唇，眼睛也不像眼睛了。他原来是什么样子的？李昌有无法回忆李恒顺平素的相貌了，他那时只记住了李恒顺的心灵，并没想记住他的相貌。现在他想记住恩人的相貌，把他刻进记忆深处的时候，这个欲乘风西行的人却把一个千变万化的相貌留给他。李昌有的心抽搐了一下，他故作镇静地说，伙计，要死死个高兴不中吗？想想你还有什么事没做完，我又能帮助你的？

李恒顺侧了一下身子，他的五官也随之更加混乱了一刻，然后他嚅动着毫无血色的嘴唇说，你要了我的老婆吧。

她跟过屠夫了！李昌有号叫着，你都不和她睡在一块了，让我去捡你的……你的……李昌有住了嘴，因为他从窗前看见那女人正可怜巴巴地立在那，她的目光充满哀怜。

李恒顺再次乞求道，你要了我的老婆吧。他的乞求跟黄昏一样充满了走向黑暗的迫切感。

李昌有说，这是报恩的话，我就答应。

算是报恩吧。李恒顺的脑袋朝炕边滑去，而他的脖子在那一瞬间显得又细又长，他的声音也随之变得细如游丝，他说，你替我革了屠夫的命，替我报仇。

那年在河边，你为什么不宰了那东西？或者作践他，让他永生永世也做个太监？李昌有说到此时浑身振奋了一下。

李恒顺什么也没回答他，他的脖子又扭动了一下，然后停止了呼吸。丫丫首先跑进屋子，犹如一片祥云掠过，她连叫了几声干爹，然后就跪在地上哭泣。李恒顺的老婆也进了屋子，她一头扑到死者的身上，哭得缠绵而凄切。李昌有走到院子里，他的满眼都是泪水，可他的眼泪却流不出来，憋得他直想骂娘。这时他突然望见卖豆腐的从门前经过，他用手推车推着两板新出的热气腾腾的豆腐，疲惫地吆喝着豆腐咪、豆腐咪，李昌有就冲出院门跺着脚朝卖豆腐的骂，你这驴，你喊什么，你卖什么，李恒顺他再也吃不上豆腐了。

卖豆腐的听后愣了一下，手抖了抖，就扶不住手推车了，他叫了一声恩人啊，就扯开嗓子哭了起来，哭得李昌有心里有东西往上顶，他的眼泪也随之出来了。

埋葬李恒顺之后，李昌有就制定他的复仇计划。时间：有月光的秋季的夜晚；地点：河边；事件：革屠夫的命；结局：将李恒顺的女人顺理成章地领到自己的炕头上来。

李昌有开始观察屠夫的言行，因而他每日都到集市上买肉。屠夫不光杀猪，也卖肉。他一站在肉摊前，买肉的都拥上前来。屠夫杀猪一刀即可结束猪的生命，而且是速死，用满锅滚烫的开水给死猪洗个透彻的热水澡，猪毛很轻易就会被刮下来。那时候猪看起来就又白又大，黑猪花猪也成了白猪了。开膛要尽快，猪下水一涌出来，好吃这一口的人就一哄而起，这个要肝，那个要肺，另一个却要心或腰子，而屠夫自己独独喜欢吃猪大肠。小肠他是不愿吃的，认为没有猪的味道。猪真正的气味就集中在猪大肠上，吃起来满口油腻，臭烘烘的，却回味无穷。如果有了青辣椒，而那青辣椒又不同寻常地辣，炒上一根猪大肠，一壶黄酒很快就没了踪影。

屠夫宰的猪新鲜，肉味纯正，绝无淤血的腥味，因而买肉的人不等猪肉上市就围在他的摊子前。而猪肉一上市，不过半小时，一头猪就被分割殆尽。李昌有最近频频地站在买肉的行列中，令屠夫疑窦丛生。他甩给李昌有的肉都是李昌有再三要买的五花肉，皮薄肉嫩。肉从侧面看红白相间，错落缤纷，白中夹红，犹如雪中红豆，而红中夹白的却像晚霞中的一条光带。李昌有将肉提回去连皮切成四方小块，放到锅里红焖，吃得他夜夜想提早把屠夫宰了，将那女人领到自己的炕头。

李昌有观察到，屠夫喜欢揉鼻子。卖肉的间隙就要用手揉几下，有时忙极了就单单用指头触一下，似乎不如此就神气不畅。此外，屠夫还喜欢吐痰，他一吐痰就要回头，“啪”，痰有时就吐在他背后卖青菜的摊子上。摊主是个半大老婆子，经常白白吃屠夫剔下的猪骨头，所以痰落在菜上她也和颜悦色地笑着，然后拿块破抹布将菜上的痰擦掉，无论是萝卜白菜生菜豆角，痰被擦过后依然被买主买走，买回去也就被吃掉了。

屠夫有个最不好的毛病，他不喜欢夜出。他一收市就回家，回家吃饱了就睡觉，他比一般人的睡眠时间要长。此外屠夫还喜欢说反话，他要说今天这猪肉不新鲜，臭死了臭死了，就说明这猪肉鲜极了，非买到一尝为快不可；他说今天这天气怎么他娘的这么好，说明那天是阴的；而他要看上哪一家的媳妇了，则说：你长得丑得不能看了。了解屠夫的媳妇听后就美滋滋地走了，回家跟自家男人去炫耀去，男人就不打发她到屠夫那买肉，男人自己去，恶狠狠地盯着屠夫粗糙而红润的脸。而若女人不了解屠夫脾性，被说了丑死了的话，就一路疾走着羞愧地回到家里，盘算着做几件像样的衣裳，使自己不难看，那么她穿着新衣裳走到大街上再遇见屠夫时，屠夫仍然骂她丑，骂得有恃无恐，甚嚣尘上，那原本很美的妇人就完全丧失了自信，回家后对着镜子哭个不休。

李昌有站在买肉的行列中，屠夫每每在甩给他五花肉的时候，都要说一句，老兄你的脸色可真好看。

李昌有心想，有一天就不会好看了。

李昌有等待秋天。八月十五是他看好的日子。那天可千万不要阴天。要朗月如洗，风平浪静。他早已磨好的屠刀将扎进屠夫的心脏。最好屠夫在他出刀时不要吐痰和揉鼻子，否则月光下屠夫的那双眼球凸起的眼睛会令他手软的。他一定要宰了他，替李恒顺报仇，也替那些被屠夫杀死的猪报仇。想到为猪报仇，李昌有就乐不可支。

李恒顺的老婆吃饱了饭就坐在院子中的柳树下缝缝补补，她平静地等待着什么。丫丫骑马回来时总是风风火火的，她从不在门口下鞍，而是策马冲进院子，在窗前提一下马缰绳，马踏起的尘土沸沸扬扬，将干娘弄得满面尘垢。

丫丫，你又让马出汗了。干娘的话一落，丫丫就顶嘴说，马不跑出汗就不自由，它愿意快跑，骑马不快有什么意思。

干娘不吱声了，她继续缝补衣裳，但她觉得眼睛发涩，十指也懒惰起来，于是就丢下活回屋了。

秋天像剪纸一样鲜明地贴在窗户上，霜来了，风也变了样，不再像昔日那样柔顺，有些调侃的味道了。李昌有家的锅终日油汪汪的，丫丫总是不失时机地提醒爹，问他，就不想攒点盘缠回关里吗？李昌有就一挥手说，在关外住一辈子了。丫丫便明确地说，我要回关里，哪怕是死在回关里的半路上。

屠夫频繁看见李昌有买肉之后，忽然间明白了什么，他甩给李昌有的肉比实际斤数要过一两。他对李昌有说，爷们，李恒顺留下的那个女人还不错吧？不然你怎么天天要吃肉！李昌有就顺水推舟地说，那女人真不赖，我要大补了！屠夫听后一阵大笑，将腰子也切下一半扔给李昌有，爷们，拿去吃吧！这样不过多日，屠夫和李昌有成了酒肉朋友。李昌有出酒，屠夫出肉，猜拳行令，称兄道弟，说古谈今，不亦乐乎。

李昌有心存杀机，因而他喝酒是有节制的。

屠夫说，爷们，喝醉一回成成仙吧。

敢情。李昌有说。

八月十五的前几天不是好日子，天天都下雨。雨把李昌有的心给下毛了。李昌有将磨得雪亮的屠刀拿到手中，他站在院子里，用屠刀去劈雨，雨却绵绵不绝。屠夫那些天一见到李昌有就说，这么好的天气，八月十五一定会喝上酒了！

李昌有也以反话相讥：不一定！

中秋节的前一天晚上，雨终于停了。但是月亮却没有出来，天空中还有乌云，但已是强弩之末的乌云。李昌有心想，天遂人愿，事不宜迟，要当机立断约屠夫去河边了。

然而，八月十五黄昏的时刻李昌有却被女人给缠住了。

李恒顺谢世后，李昌有跟那女人很少打交道，尽管外面已是满城风雨，但他们之间却各行其是，疏于交往。然而八月十五的那天黄昏，李昌有吃过饭，刚刚接过丫丫捧上来的一碗茶，那女人忽然像一支燃烧着的红烛一样喜气洋洋地站在他的屋门前。夕阳的余晖正想闯进屋子，不料被那女人身体给挡住了，那金色的余晖只得像被猎人降服的老虎一样夹起尾巴俯地而过，而那站在余晖之上的女人则像海面上的红帆一样炫目逼人。

李昌有努起嘴抬起头看着她，为什么不看呢？李昌有看得心都空了。丫丫在旁边叫了一声爹，李昌有便恼怒地嗔怪道，爹什么爹。丫丫就自知没趣地走开了。丫丫走到门口的时候叫了一声干娘，然后又回头长长地叫了一声爹，干娘侧过身子让丫丫出去了。

那女人说，恒顺要咽气时跟你说的话我都听到了，那时我正站在窗前。

这么说，报仇的事你也知道了？

报仇，我从来就没听说过这两个字，我只听见恒顺说让你要了我。

你不会听见别的——一个女人——听见又能怎样呢？李昌有望着面前的女人，他说不出他想说的话。

黄昏一过就是黑夜。当然，有月亮的夜晚，便称不上是真正的黑夜了。屋子里没有灯，夜来得真快，那倚在门口的女人不知不觉已进了屋子，她关上了门。他们坐在黑暗中，后来月亮升起来了，东窗那豁然一亮，女人连忙推开窗户，深深地吸了一口气，仿佛是吸了满肚子月光的清芬，她整个的人从窗前回来时芳香四溢，李昌有忍不住将她搂在怀中。

有月光的夜晚，一个男人怀中搂着一个比鱼还要柔顺的女人，心境便单纯如水。李昌有什么也不想了，他并非是不想去想，而是真正的什么也想不起来了。人就有这种什么也想不起来的时候。李昌有守着一片月光，那片质感很强而芳香诱人的月光，他体会到了久违于他的温暖和快意。

那一夜李昌有睡得很沉很沉。早晨醒来时，他觉得被子里有一股格外的气味，他想了想，嘿嘿笑了，将整个头埋在那气息中，嗅着，回忆着，心中充满了温情。

女人早已起来了，女人就是这样，男人起来后觉得肚子饿的时候，她会站在早炊的蒸汽中，那样的女人就是十匹绸缎和八匹好马也不会给换走的。

李昌有吃了顿热气腾腾的早饭，他告别女人出了家门。秋天的风吹拂着，他在爽意中觉得什么东西在心底渐渐抬头了。他有些迷惑，可他又想不起来那是什么东西了。那念头在心底蠢蠢欲动了一刻，然后又奄奄气尽。

街道上散着许多落叶。落叶进了多雨造成的阴沟的泥潭，那命运是不用说的了。树下的落叶格外多，风吹得不管多么凶，从树下刮走的树叶毕竟是少数。李昌有走到集市的时候，发现飘到那的落叶的命运更加不忍目睹了。那落叶沾在泥地上，往来的行人漠然地纷纷践踏着，使那落叶面目皆非，李昌有就想，死后可千万别托生成一片落叶，落到富人家的屋檐下倒也罢，若是落到这肮脏拥挤的集市，岂不永世也不想轮回了。但话又说回来，谁能管死后的事情呢？

李昌有下意识地站在买肉的行列中，他像往常一样盯着肉摊。阳光把那一堆鲜肉照耀得艳丽夺目，李昌有不由得又想到了刚刚离开自己的怀抱没有多久的那个女人。他正想着，一块肉刷地甩了过来，他一阵慌乱，还是将肉接住了，一时弄得满手油腻。

屠夫说，爷们，昨晚上我在河滩可是等到月亮快落了才回来。如果不碰到打鱼人，他说兴许你有事耽搁了，我非要结果了你不可。屠夫说着，回头啐了一口痰，痰落在卖青菜的摊子前，那上面摆着豆角、茄子和柿子，那痰可真会找地方，落在又红又亮的柿子上了，老婆子讪笑着，拿起破抹布擦那痰。擦完，又放回柿子堆里，旁边那个要买柿子的中年妇女就说这柿子着了痰了，不买了。老婆子一急，就将刚才沾了痰的柿子重新拿起来，几口就将它吃完了，竟吃得那么香，口中还念着好吃得没法说了，臊得那女人没法再离开，买了她两斤柿子。

李昌有提着肉，心里想的只是晚餐上香喷喷的红烧肉和那个会做这肉的女人，所以他漫不经心地说，你遇见打鱼人怎样了？昨天晚上你到河滩上会谁？打鱼人打着什么鱼了？鲇鱼还是鲫鱼？

李昌有提着肉回家了，一路上他老想着夜晚的事，所以他有好几次挡着马车或者行人的去路了。若是挡了马车的去路，而马车上拉着富人，赶车人的呵斥声也颇有些仗势欺人的味道，李昌有让路时就故意踌躇万分；而遇着穷人拉脚的马车，李昌有就慌慌地让开，并赔出几分笑脸和两三句问寒问暖的话。他挡住行人的情况只有一种，那就是眼神不济的老人，老人照直路走着，突然间前面有什么东西黑乎乎地出现了，权当是撞上了一棵树，绕开继续走就是了。

李昌有回到家里时，那块原本红白相间的五花肉被弄得灰尘遍布。女人用水洗了许多遍，灰还是存着一些，女人也就不计较，连皮带肉带灰就一锅炖了。肉出来时果然香得不同以往。

吃过肉，李昌有就上炕睡了。他希望一觉睡到日薄西山。他醒来时，天色果然不早了，李昌有穿上鞋子走到院里。女人坐在黄昏里，像一轮饱满颤抖的落日，发出蓬勃的燃烧的声响。李昌有颤着声说，天就要黑了。

女人回过头，对他说，丫丫从早晨骑马到现在还没有回来，她非常担心，从午饭后她就这样坐在院子里等，可丫丫却没有回来。会不会出了事呢？女人细声细语地问自己，然后马上回答自己，真的出了事的话，马自己也会循着原路回家的，马认得路。说完，她就站起来朝马棚里走，她这样走了五六次了，丫丫骑的那匹马不在马棚里。

李昌有并不觉得丫丫的迟归有什么值得大惊小怪的，因为天并不黑呢。就是天黑了，月亮也会升起来的。十五的月亮十六圆，十六的月亮会把归家的路洗得很白很明显。

他们在月亮将升未升的时刻回到屋子里。他们闩好门，将窗户打开。他们没有铺被褥，就那么平展展地躺在炕席上，炕席散发着一股植物的陈香味。李昌有侧过身搂住那女人，就像饥荒年代抓到了一把丰收了的麦穗一样激动不已。

他们激动的时刻月亮升起来了。月亮急急忙忙地向上升，大概也想站得高望得远，它升到高处时那光芒便纤柔明亮，灿然动人。女人连忙下地将窗户打开，月光飘进屋子，炕席显出温润的白色。

这一夜屠夫站在河岸上冻得瑟瑟发抖，他以为失约的李昌有十六这天会将功补过，然而这一夜他又独为月下客了。他恨不能咬碎满口的牙齿啐到李昌有身上。启明星升起时屠夫离开了河岸，那时他想这世界是无情无义的，尽管河床里洋溢着缤纷的月光，但是岸上的萧索却令人寒心。

李昌有阴历八月十七的早晨酒足饭饱后走出院子，正想到集市上买肉，却先碰到了卖豆腐的。卖豆腐的偏偏那天生意最好，一清早就卖掉了四板，正推着空车回家，所以见到李昌有就主动搭讪起来，问他为什么不喜欢吃豆腐，说李恒顺活着时如何视豆腐为菜中佳肴，说豆腐能养颜益寿滋阴壮阳，李昌有便闷闷地回了句，李恒顺又丑又短寿。

卖豆腐的哪里能听进丝毫对恩人的菲薄之词，何况知道李昌有也得到过恩人的滋润，世上竟有这种忘恩负义的小人，卖豆腐的扔下车子，骂了几句什么，然后就朝李昌有的身上动了拳头。两个男人扭打在一起，他们滚了满身灰尘，他们不分上下，打得难解难分。一时间过往行人无不侧目观望，有人将嗑着的葵花子皮吐到他们身上，还有人将吃成菱形的梨核朝他们身上扔——真是嫌热闹得不过分，两个人从地上爬起来时狼狈不堪的。

卖豆腐的说，你这不仁不义的狗！

李昌有说，我这狗能吃掉你这头蠢猪！

毕竟没有解气，所以李昌有也没有心思去买肉，曲尽人散，他就坐在路旁的一棵杨树下，那杨树下积了不知多少层的落叶，他看着卖豆腐的推着车子一瘸一拐地回家。他想起了许多往事，家乡已故的妻子，破旧不堪的火车，李恒顺对他们一家人相助的诸多往事。最后，他想到了李恒顺咽气时所说的话，想起了屠夫，他便觉得一股热血直往头上蹿。他站起身来，迎着明朗的秋阳回家去找屠刀。

女人坐在院子中，她神色有些慌张，她再一次提醒李昌有，丫丫还没有回来，丫丫在外面过夜了，她的马也没有回来。

李昌有并不搭腔，他回到屋子，想了一会心事，将屠刀找出来掖在腰间。他走出房门时女人问他去哪，他头也不回地说，我要去买五花肉，晚上别等我了。

女人就是这样，一旦某件事情缠绕着她没有落底，即使有更大的问题的端倪已经显现，她也固执己见地想着她原先想着的问题。女人做事从来都是一件一件，很少双管齐下，因而女人不易做大事。

李昌有约屠夫晚上到河滩上去。屠夫当时正在卖肉骨头，他见了李昌有回头就是一口痰，痰落在茄子上，老婆子用抹布擦痰的当口，李昌有已经把具体时间说定了。

李昌有说，你带上一壶黄酒，我备好下酒菜。

屠夫鄙夷地吐了一下舌头，说，你真想当月下的风流鬼？

李昌有再也没说什么，就大步流星地朝卖豆腐的家走去。卖豆腐的因为起了大早，正在家里补觉，李昌有将他弄醒，告诉他晚上到河滩上去，有一场好戏要他看。

卖豆腐的问过相约的时间后，又蒙头大睡。李昌有将要离开时发现桌子上有一盘酱豆腐，他就抓起一块边走边吃，走到院门口吃尽时余香袅袅，意犹未尽，便踅回去，又拿了一块。

李昌有到街上的老寿星酒馆去了。他一坐下，伙计便端上一壶热茶，李昌有要了一盘肉炒黄豆芽，又要了一个血肠，然后心事重重地吃喝起来。他等待月亮升起的时候。

一个人喝酒会有忘情的时候。李昌有喝到下晌时酒馆已经分外冷清了，可他正在兴头上。盘中的菜凉了，而且所剩无几，那几根黄豆芽像蝌蚪一样浮在盘底上。李昌有喝得浑身舒展，以至于黄昏时分天阴了他也毫无察觉，他沉浸在一种忘我的境界中。老寿星酒馆就有这么一个好处，一张位置占上一天即使并没额外付钱，店主也会和颜悦色地对待你。李昌有一直喝到酒馆里的人又重新多起来，人人都知道那是晚饭时节了。李昌有抓着一叠钞票摇摇晃晃地到柜台付账。这时他才发现柜台上靠着许多伞，从伞上滴下雨珠，屋地格外潮湿。下雨了。李昌有看看窗外，外面细雨霏霏。一个不会有月亮的夜晚。李昌有自嘲着走出酒馆，立刻一把油纸伞接住了他，女人擎着伞站在酒馆的屋檐下。她站了多久李昌有没有问，就跟着那把伞走了。

那把伞去了哪李昌有就去了哪。

女人将李昌有扶到炕上，为他脱衣服时她发现了男人腰上的屠刀。她打了一串寒战，然后将刀藏在水缸的后面。她胆战心惊，天渐渐黑了，雨没有停，丫丫和她的那匹马都没有回来，女人忽然觉得炕上的男人并不能使她在夜晚时不害怕，她就蹲在门槛那低声哭了。李昌有睡得很沉，女人哭得也很入迷，直到子夜时分她听见有人叩门才止住了哭声。她打开门，这时她才发现天已经晴了，尽管在夜晚时晴天并没有多大意义，但月亮总算是出来了，月光湿漉漉的，似乎带着一股潮味。屠夫和卖豆腐的就站在湿润的月光里。

屠夫说，让李昌有滚出来。

卖豆腐的也说，让李昌有滚出来。

女人说，他醉了，不成人样了，他喝了一天的酒。

他约了我三次了，都诳了，屠夫说，就在河滩上。

女人不敢看屠夫的脸，而屠夫见了女人之后温情萌生，语气明显和缓了。

他约你们到河滩上？女人小声地说，他的腰上别着屠刀，他要杀了你们当中的哪个？

卖豆腐的大叫，我是看戏的！

那就是我了。屠夫说着，将手中提着的黄酒泼在院子里，一股酒气茁壮地生长出来，他盯着女人的脸，缓缓地说，为了你。

卖豆腐的忽然想起他曾经亲眼目睹的屠夫与女人在一起的情景，他便惊弓之鸟似的逃走了。

女人关上门，她仍然坐在门槛上哭。她听见院子里有人走动，那是屠夫离开的声音，声音由大渐小，月亮却由小渐大。

半个月过去了。李昌有不再到集市上买五花肉，卖五花肉的屠夫在那个月明风清的夜晚连夜逃走了。走时他带着家眷和钱财。他的走令许多人丧失了吃肉的兴趣。那个卖青菜的老婆子每每想起就要涕泪零落。

李昌有在大雪来临之前给李恒顺上了一次坟。他对坟里的人说，屠夫的命被屠夫自己宰掉了，从此之后屠夫要在担惊受怕中过日子了，他活着比死了还难受。

李昌有身后站着的女人哭泣着。李昌有带着她离开坟场时，她又回头望了几眼，然后还是又转回头来和李昌有一同回家了。

又过了半个月，外面传来消息说，有一个俏模样的女孩子骑着马回关里了，她一站一站地走，历经千辛万苦，终于到达了目的地。

李昌有听后大哭了一场，哭过后他觉得自己顿时苍老了。他声音嘶哑地对女人说，还没让孩子们给火车上那个黑脸的东北人磕头呢。

女人说，那是个什么人？

李昌有什么也没说，他朝窗外望去。老天已经降过两场大雪，关外一片萧索的气息了。

1992 年

逝　川

大约是每年的九月底或者十月初吧，一种被当地人称为“泪鱼”的鱼就从逝川上游哭着下来了。

此时的渔民还没有从鱼汛带给他们的疲乏和兴奋中解脱出来，但只要感觉到入冬的第一场雪要来了，他们就是再累也要准备捕鱼工具，因为无论如何，他们也要打上几条泪鱼，才算对得起老婆孩子和一年的收获。

泪鱼是逝川独有的一种鱼。身体呈扁圆形，红色的鳍，蓝色的鳞片，每年只在第一场雪降临之后才出现，它们到来时整条逝川便发出呜呜呜的声音。

这种鱼被捕上来时双眼总是流出一串串珠玉般的泪珠，暗红的尾轻轻摆动，蓝幽幽的鳞片泛出马兰花色的光泽，柔软的鳃风箱一样呼哒呼哒地翕动，渔妇们这时候就赶紧把丈夫捕到的泪鱼放到硕大的木盆中，安慰它们，一遍遍祈祷般地说着：

“好了，别哭了；好了，别哭了；好了，别哭了……”从逝川被打捞上来的泪鱼果然就不哭了，它们在岸上的木盆中游来游去，仿佛得到了意外的温暖，心安理得了。

如果不想听逝川在初冬时节的悲凉之声，那么只有打捞泪鱼了。

泪鱼一般都在初雪的傍晚从上游下来，所以渔民们早早就在岸上燃起了一堆堆篝火。那篝火大都是橘黄色的，远远看去像是一只只金碗在闪闪发光。这一带的渔妇大都有着高高的眉骨，厚厚的单眼皮，肥肥的嘴唇。她们走路时发出咚咚的响声，有极强的生育能力，而且食量惊人。渔妇们喜欢包着藏蓝色或银灰色的头巾，无论长幼，都一律梳着发髻。她们在逝川岸边的形象宛如一株株粗壮的黑桦树。

逝川的源头在哪里渔民们是不知道的，只知道它从极北的地方来。它的河道并不宽阔，水平如镜，即使盛夏的暴雨时节也不呈现波涛汹涌的气象，只不过袅袅的水雾不绝如缕地从河面向两岸的林带蔓延，想必逝川的水应该是极深的吧。

当晚秋的风在林间狂肆地撕扯失去水分的树叶时，敏感的老渔妇吉喜就把捕捞泪鱼的工具准备好了。吉喜七十八岁了，干瘦而背驼，喜欢吃风干的浆果和蘑菇，常常自言自语。如果你乘着小船从逝川的上游经过这个叫阿甲的小渔村，你想喝一碗喷香的茶就请到吉喜家去吧，她还常年备着男人喜欢抽的烟叶，几杆铜质的烟锅齐刷刷地横躺在柜上，你只需享用就是了。

要认识吉喜并不困难。在阿甲，你走在充满新鲜鱼腥气的土路上，突然看见一个丰腴挺拔有着高高鼻梁和鲜艳嘴唇的姑娘，她就是吉喜，年轻时的吉喜，时光倒流五十年的吉喜，她发髻高挽，明眸皓齿，夏天总是穿着曳地的灰布长裙，吃起生鱼来是那么惹人喜爱。那时的渔民若是有害胃病而茶饭不思的，就要想着看看吉喜吃生鱼时的表情，吉喜尖锐的牙齿嚼着雪亮的鳞片和嫩白的鱼肉，发出奇妙的音乐声；害病的渔民就有了吃东西的欲望。而现在你若想相逢吉喜，也是件很容易的事。在阿甲渔村，你看哪一个驼背的老渔妇在突然抬头的一瞬眼睛里迸射出雪亮的鱼鳞般的光芒，那个人便是吉喜，老吉喜。

雪是从凌晨五时悄然来临的。吉喜接连做了几个噩梦，暗自说了不少上帝的坏话。正骂着，她听见窗棂发出刮鱼鳞一样的嚓嚓的声响，不用说，雪花来了，泪鱼也就要从逝川经过了。吉喜觉得冷，加上一阵拼命的咳嗽，她的觉全被惊醒了。她穿衣下炕，将火炉引着，用铁质托架烤上两个土豆，然后就点起油灯，检查捕泪鱼的网是否还有漏洞。她将网的一端拴在火墙的钉子上，另一侧固定在门把手上，从门到火墙就有一幅十几米长的渔网像疏朗的雾气一样飘浮着。银白的网丝在油灯勃然跳花的时候呈现出琥珀色，吉喜就仿佛闻到了树脂的香气。网是吉喜亲手织成的，网眼还是那么匀称，虽然她使用木梭时手指不那么灵活了。在阿甲，大概没有人家没有使过吉喜织的网。她年轻的时候，年轻力壮的渔民们从逝川进城回来总是带回一团团雪白的丝线，让她织各种型号的网，当然也给她带一些头巾、首饰、纽扣之类的饰物。吉喜那时很乐意让男人们看她织网，她在火爆的太阳下织，也在如水的月光下织，有时织着织着就睡在渔网旁了，网雪亮地环绕着她，犹如兜着一条美人鱼。

吉喜将苍老的手指伸向网眼，又低低地骂了上帝一句什么，接着去看烤土豆熟了几成，然后又烧水沏茶。吉喜磨磨蹭蹭地吃喝完毕时，天犹犹豫豫地亮了，从灰蒙蒙的玻璃窗朝外望去，可以看见逝川泛出黝黑的光泽。吉喜的木屋就面对着逝川，河对岸的林带一片苍茫。肯定不会有鸟的踪迹了。吉喜看了会天，又有些瞌睡，她低低咕哝了一句什么，就歪倒在炕上打盹。她再次醒来是被敲门声惊醒的，来人是胡会的孙子胡刀。胡刀怀中拥着一包茶和一包干枣，大约因为心急没戴棉帽，头发上落了厚厚一层雪，像是顶着一张雪白的面饼，而他的两只耳朵被冻得跟山楂一样鲜艳。胡刀懊丧地连连说："吉喜大妈，这可怎么好，这小东西真不会挑日子，爱莲说感觉身体不对了，挺不过今天了，唉，泪鱼也要来了，这可怎么好，多么不是时候……"

吉喜把茶和干枣收到柜顶，看了一眼手足无措的胡刀。男人第一次当爸爸时都是这么慌乱不堪的。吉喜喜欢这种慌乱的神态。

“要是泪鱼下来时她还生不下来，吉喜大妈，您就只管去逝川捕泪鱼，唉，真的不是时候。还差半个月呢，这孩子和泪鱼争什么呢……”胡刀垂手站在门前翻来覆去地说着，并且不时地朝窗外看着。窗外能有什么？除了雪还是雪。

在阿甲渔村有一种传说，泪鱼下来的时候，如果哪户没有捕到它，一无所获，那么这家的主人就会遭灾。当然这里没有人遭灾，因为每年的这个时候人们守在逝川旁都是大有收获的。泪鱼不同于其他鱼类，它被网挂上时百分之百都活着，大约都是一斤左右重，体态匀称玲珑。将这些蓝幽幽的鱼投入注满水的木盆中，次日凌晨时再将它们放回逝川，它们再次入水时便不再发出呜呜呜的声音了。

有谁见过这样奇异的鱼呢？

吉喜打发胡刀回家去烧一锅热水。她吃了个土豆，喝了碗热茶，把捕鱼工具一一归置好，关好火炉的门，戴上银灰色的头巾便出门了。

一百多幢房屋的阿甲渔村在雪中显得规模更加小了。房屋在雪中就像一颗颗被糖腌制的蜜枣一样。吉喜望了望逝川，它在初雪中显得那么消瘦，她似乎能感觉到泪鱼到来前河水那微妙的震颤了，她想起了胡刀的祖父胡会，他就被葬在逝川对岸的松树林中。这个可怜的老渔民在七十岁那年成了黑熊的牺牲品。年轻时的胡会能骑善射，围剿泪鱼最有经验，别看他个头不高，相貌平平，但却是阿甲姑娘心中的偶像。那时的吉喜不但能捕鱼、能吃生鱼，还会刺绣、裁剪、酿酒，胡会那时常常到吉喜这来讨烟吃。吉喜的木屋也是胡会帮忙张罗盖起来的。那时的吉喜有个天真的想法，认定百里挑一的她会成为胡会的妻子，然而胡会却娶了毫无姿色和持家能力的彩珠。胡会结婚那天吉喜正在逝川旁剐生鱼，她看见迎亲的队伍过来了，看见了胡会胸前戴着的愚蠢的红花，吉喜便将木盆中满漾着鱼鳞的腥水兜头朝他浇去，并且发出快意的笑声。胡会歉意地冲吉喜笑笑，满身腥气地去接新娘。吉喜站在逝川旁拈起一条花纹点点的狗鱼，大口大口地咀嚼着，眼泪簌簌地落了下来。

胡会曾在某一年捕泪鱼的时候告诉吉喜他没有娶她的原因。胡会说："你太能了，你什么都会，你能挑起门户过日子，男人在你的屋檐下会慢慢丧失生活能力的，你能过了头。"

吉喜恨恨地说："我有能力难道也是罪过吗？"

吉喜想，一个渔妇如果不会捕鱼、制干菜、晒鱼干、酿酒、织网，而只是会生孩子，那又有什么可爱呢？吉喜的这种想法酿造了她一生的悲剧。在阿甲，男人们都欣赏她，都喜欢喝她酿的酒，她烹的茶，她制的烟叶，喜欢看她吃生鱼时生机勃勃的表情，喜欢她那一口与众不同的白牙，但没有一个男人娶她。逝川日日夜夜地流，吉喜一天天地苍老，两岸的树林却愈发蓊郁了。

吉喜过了中年特别喜欢唱歌。她站在逝川岸边剐生鱼时要唱，在秋季进山采蘑菇时要唱，在她家的木屋顶晾制干菜时要唱，在傍晚给家禽喂食时也要唱。吉喜的歌声像炊烟一样在阿甲渔村四处弥漫，男人们就像是听到了泪鱼的哭声一样心如刀绞。他们每逢吉喜唱歌的时候就来朝她讨烟吃，并且亲切地一遍遍地叫着“吉喜吉喜”，吉喜就不再唱了，她麻利地碾碎烟末，将烟锅擦得更加亮堂，铜和木纹都显出上好的本色。她喜欢听男人们唤她“吉喜吉喜”的声音，那时她就显出小鸟依人的可人神态。然而吃完她烟的男人大都拍拍脚掌趿上鞋回家了，留给吉喜的，是月光下的院子里斑斑驳驳的树影。吉喜过了四十岁就不再歌唱了，她开始沉静地迎接她头上出现的第一根白发，频繁地出入一家家为女人们接生，她是多么羡慕分娩者有那极其幸福痛苦的一瞬啊。

在吉喜的接生史上，还没有一个孩子是在泪鱼到来的这天出生的，从来没有过。她暗自祈祷上帝让这孩子在黄昏前出生，以便她能成为逝川岸边捕泪鱼的一员。她这样在飞雪中祈祷上帝的时候又觉得万分可笑，因为她刚刚说了上帝许多坏话。

胡刀的妻子挺直地躺在炕上，因为阵痛而挥汗如雨，见到吉喜眼睛湿湿地望了她一眼。吉喜洗了洗手，询问反应有多长时间了，有什么感觉不对的地方。胡刀手忙脚乱地在屋中央走来走去，一会踢翻了木盆，水流满地；一会又把墙角戳冰眼的铁钎子碰倒了，发出“当啷”的声响。吉喜忍不住对胡刀说：

“你置备置备捕泪鱼的工具吧，别在这忙活了。”

胡刀说：“我早就准备好了。”

吉喜说：“劈柴也准备好了？”

胡刀唯唯诺诺地：“备好了。”

吉喜又说：“备网得要一片三号的。”

胡刀仍然不开窍，“有三号的渔网。”说完，在沏茶时将茶叶筒碰翻了，又是一声响，产妇痉挛了一下。

吉喜只得吓唬胡刀了：“你这么有能耐，你就给你老婆接生吧。”

胡刀吓得面如土色：“吉喜大妈，我怎么会接生，我怎么能把这孩子接出来？”

“你怎么送进去的，就怎么接出来吧。”吉喜开了一句玩笑，胡刀这才领会他在这里给产妇增加精神负担了，便张皇失措地离去，走时又被门槛给绊倒了，“噗”地趴在地上，“哎哟”叫着，十分可笑可爱。

胡刀家正厅的北墙上挂着胡会的一张画像。胡会歪戴着一顶黑毡帽，叼着一杆长烟袋，笑嘻嘻的，那是他年轻时的形象。

吉喜最初看到这幅画时笑得前仰后合。胡会从城里回来，一上岸，就到吉喜这来了。吉喜远远看见胡会背着一个皮兜，手中拿着一卷纸，就问他那纸是什么，胡会狡黠地展开了画像，结果她看到了另一个胡会，她当时笑得大叫：“活活像只出洋相的猴子，谁这么糟践你？”

胡会说：“等有一天我死了，你就不觉得这是出洋相了。”

的确，吉喜现在老眼昏花地看着这幅画像，看着年轻的胡会，心中有了某种酸楚。

午后了。产妇折腾了两个小时，倒没有生产的迹象了，这使吉喜有些后怕。这样下去，再有四五个小时也生不下来，而泪鱼分明已经要从逝川下来了。她从窗前看见许多人往逝川岸边走去，他们已经把劈柴运去了。一些狗在雪中活跃地奔跑着。

胡刀站在院子的猪圈里给猪絮干草。有些干草屑被风雪给卷起来，像一群小鱼在舞蹈。时光倒回五十年的吉喜正站在屋檐前挑干草。她用银白的叉子将它们挑到草垛上，预备牲畜过冬时用。吉喜乌黑的头发上落着干草屑，褐绿色的草屑还有一股草香气。秋天的黄昏使林间落叶有了一种质地沉重的感觉，而隐约的晨霜则使玻璃窗有了新鲜的泪痕。落日掉进逝川对岸的莽莽丛林中了，吉喜这时看见胡会从逝川的上游走来，他远远蠕动的形象恍若一只蚂蚁；而渐近时则如一只笨拙的青蛙，走到近前就是一只摇着尾巴的可爱的叭儿狗了。

吉喜笑着将她体味到的类似蚂蚁、青蛙、叭儿狗的三种不同形象说与胡会。胡会也笑了，现出很满意的神态，然后甩给吉喜一条刚打上来的细鳞鱼，看着她一点点地吃掉。吉喜进了屋，在昏暗的室内给胡会准备茶食。胡会突然拦腰抱住了吉喜，将嘴唇贴到吉喜满是腥味的嘴上，吉喜的口腔散发出逝川独有的气息，胡会长久地吸吮着这气息。

“我远远走来时是个啥形象？”胡会咬了一下吉喜的嘴唇。

“蚂蚁。”吉喜气喘吁吁地说。

“快到近前呢？”胡会将吉喜的腰搂得更紧。

“青蛙。”吉喜轻声说。

“到了你面前呢？”胡会又咬了一下吉喜的嘴唇。

“摇着尾巴的叭儿狗。”吉喜说着抖了一下身子，因为头上的干草屑落到脖颈里令她发痒了。

“到了你身上呢？脸贴脸地对着你时呢？”胡会将吉喜抱到炕上，轻轻地撩开了她的衣襟。

吉喜什么也没说，她不知道他那时像什么。而当胡会将他的深情有力地倾诉给她时，扭动着的吉喜忽然喃喃呻吟道：“这时是只吃人的老虎。”

火炉上的水开了，沸水将壶盖顶得噗噗直响，吉喜也顾不得水烧老了，一任壶盖活泼地响下去，等他们湿漉漉地彼此分开时，一壶开水分明已经被烧飞了，屋子里洋溢着暖洋洋的水蒸气。

吉喜在那个难忘的黄昏尽头想，胡会一定会娶了她的。她会给他烹茶、煮饭、剐鱼、喂猪，给他生上几个孩子。然而胡会却娶了另一个女人做他的妻子。当吉喜将满是鳞片的剐鱼水兜头浇到新郎胡会身上时，她觉得那天的太阳是如此苍白冷酷。从此她不允许胡会进入她的屋子，她的烟叶和茶点宁肯留给别的男人，也不给他。胡会死的时候，全阿甲渔村的人都去参加葬礼了，唯独她没有去。她老迈地站在窗前，望着日夜川流不息的逝川，耳畔老是响起沸水将壶盖顶得噗噗的声响。

产妇再一次呻吟起来，吉喜从胡会的画像前离开。她边挪动步子边嘟囔着："唉，你是多么像一只出洋相的猴子。"说完，又惯常地骂了上帝一句什么，这才来到产妇身边。

"吉喜大妈，我会死吗？"产妇从毯子下伸出一只湿漉漉的手。

"头一回生孩子的女人都想着会死，可没有一个会死的。有我在，没有人会死的。"吉喜安慰道，用毛巾擦了擦产妇额上的汗，"你想要个男的还是女的？"

产妇疲惫地笑笑，"只要不是个怪物就行。"

吉喜说："现在这么想，等孩子生下来就横挑鼻子竖挑眼了。"吉喜坐在炕沿前说："看你这身子，像是怀了双胞胎。"

产妇害怕了，"一个都难生，两个就更难生了。"

吉喜说："人就是娇气，生一个两个孩子要哎哟一整天。你看看狗和猫，哪一窝不生三五个，又没人侍候，猫要生前还得自己叼棉花絮窝，它也是疼啊，就不像人这么娇气。"

吉喜一番话，说得产妇不再哼哟了。然而她的坚强如薄冰般脆弱，没挺多久，便又呻吟起来，并且口口声声骂着胡刀："胡刀，你死了，你作完孽就不管不顾了，胡刀，你怎么不来生孩子，你只知道痛快……"

吉喜暗自笑了。天色转暗了，胡刀已经给猪絮完了干草，正把劈好的干柴拢成一捆，预备着夜晚在逝川旁用。雪小得多了，如果不仔细看，分明就是停了的样子。地上积的雪可是厚厚的了。红松木栅栏上顶着的雪算是最好看的了，那一朵朵碗形的雪相挨迤逦，被身下红烛一般的松木杆映衬着，就像是温柔的火焰一样，瑰丽无比。

天色灰黑的时候吉喜觉得心口一阵阵地疼了。她听见渔村的狗正撒欢地吠叫着，人们开始到逝川旁生篝火去了。产妇又一次平静下来了，她出了过多的汗，身下干爽的苇席已经潮润了。吉喜点亮了蜡烛，产妇朝她歉意地笑了，“吉喜大妈，您去捕泪鱼吧，没有您在逝川，人们就觉得捕泪鱼没有意思了。”

的确，每年在初雪的逝川岸边，吉喜总能打上几十条甚至上百条的活蹦乱跳的泪鱼。吉喜用来装泪鱼的木盆就能惹来所有人的目光。小孩子们将手调皮地伸入木盆中，去摸泪鱼的头或尾，搅得木盆里一阵翻腾。爸妈们这时就过来呵斥孩子了：“别伤着泪鱼的鳞！”

吉喜说：“我去捕泪鱼，谁来给你接生？”

产妇说：“我自己。你告诉我怎样剪脐带，我一个人在家就行，让胡刀也去捕泪鱼。”

吉喜嗔怪道：“看把你能耐的。”

产妇挪了一下腿说：“吉喜大妈，捕不到泪鱼，会死人吗？”

吉喜说："哪知道呢，这只是传说。况且没有人家没有捕到过泪鱼。"

产妇又轻声问："我从小就问爸妈，泪鱼为什么要哭，为什么有着蓝色的鳞片，为什么在初雪之后才出现，可爸妈什么也回答不出来。吉喜大妈，你知道吗？"

吉喜落寞地垂下双手，喃喃地说："我能知道什么呢，要问就得去问逝川了，它能知道。"

产妇又一次呻吟起来。

天完全暗下来了。逝川旁的篝火渐渐亮起来，河水开始发出一种隐约的呜咽声，渔民们连忙占据着各个水段将银白的网一张一张地撒下去。木盆里的水早已准备好了，渔妇们包着灰色或蓝色的头巾在岸上结结实实地走来走去。逝川对岸的山披着银白的树挂，月亮竟然奇异地升起来了。冷清的月光照着河水、篝火、木盆和渔民们黝黑的脸庞，那种不需月光照耀就横溢而出的悲凉之声已经从逝川上游传下来了。

呜呜呜呜呜——呜呜呜——呜呜呜呜呜——

仿佛万千只小船从上游下来了，仿佛人世间所有的落叶都朝逝川涌来了，仿佛所有乐器奏出的最感伤的曲调汇集到一起了，逝川，它那毫不掩饰的悲凉之声，使阿甲渔村的人沉浸在一种宗教氛围中。有个渔民最先打上了一条泪鱼，那可怜的鱼轻轻摆着尾巴，眼里的泪纷纷垂落。这家的渔妇赶紧将鱼放入木盆中，轻轻地安慰道："好了，别哭了；好了，别哭了……"

橘黄的篝火使渔妇的脸幻化成古铜色，而她包着的头巾则成为苍蓝色。

呜呜呜——呜呜呜呜呜——呜呜呜呜——

夜越来越深了，胡刀已经从逝川打上了七条泪鱼，他抽空跑回家看，看他老婆是否已经生了。那可怜的女人睁着一双大眼呆呆地望着天棚，一副绝望的表情。

“难道这孩子非要等到泪鱼过去了才出生？”吉喜想。

“吉喜大妈，我守她一会儿，你去逝川吧，我已经捕了七条泪鱼了，您还一条没捕呢。”胡刀说。

“你守她有什么用，你又不会接生。”吉喜说。

“她要生时我就去逝川喊您，没准——”胡刀吞吞吐吐地说，“没准明天才能生下来呢。”

“她挺不过今夜，十二点前准生。”吉喜说。

吉喜喝了杯茶，又有了一些精神，她换上一根新蜡烛，给产妇讲她年轻时闹过的一些笑话。产妇入神地听了一会儿，忍不住笑起来。吉喜见她没有负担，这才安心了。

大约午夜十一时许，产妇再一次被阵痛所包围。开始还是小声呻吟着，最后便大声叫唤，见到胡刀张皇失措进进出出时，她似乎找到了痛苦的根源，简直就要咆哮了。吉喜让胡刀又点亮了一根蜡烛，她擎着它站在产妇身旁。羊水破裂之后，吉喜终于看见一个婴孩的脑袋像只熟透的苹果一样微微显露出来，这颗成熟的果实呈现着醉醺醺的神态，吉喜的心一阵欢愉。她竭力鼓励产妇："再加把劲，就要下来了，再加把劲，别那么娇气，我还要捕泪鱼去呢……"

那颗猩红的果实终于从母体垂落下来，那生动的啼哭声就像果实的甜香气一样四处弥漫。

"哦，小丫头，嗓门怪不小呢，长大了肯定也爱吃生鱼！"吉喜沉静地等待第二个孩子的出世。十分钟过去了，二十分钟过去了，产妇呼吸急促起来，这时又一颗成熟的果实微微显露出来，产妇号叫一声，一个嗓门异常嘹亮的孩子腾地冲出母腹，是个可爱的男婴！

吉喜大叫着："胡刀胡刀，你可真有造化，一次就儿女双全了！"

胡刀兴奋得像只采花粉的蜜蜂，他感激地看着自己的妻子，像看着一位功臣。产妇终于平静下来，她舒展着躺在鲜血点点的湿润的苇席上，为能顺利给胡家添丁进口而感到愉悦。

"吉喜大妈，兴许还来得及，您快去逝川吧。"产妇疲乏地说。

吉喜将满是血污的手洗净，又喝了一杯茶，这才包上头巾走出胡家。路过厅堂，本想再看一眼墙上胡会的那张洋相百出的画像，不料墙上什么画像也没有，只有一个木葫芦和两把木梭吊在那儿。吉喜吃惊不小，她刚才见到的难道是胡会的鬼魂？吉喜诧异地来到院子里，空气新鲜得仿佛多给她加了一叶肺，她觉得舒畅极了。胡刀正在烧着什么，一簇火焰活跃地跳动着。

“你在烧什么?”吉喜问。

胡刀说:“俺爷爷的画像。他活着时说过,他要是看不到重孙子,就由他的画像来看。要是重孙子出生了,他就不必被挂在墙上了。”

吉喜看着那簇渐渐熄灭的火焰凄凉地想:“胡会,你果然看到重孙子了。不过这胡家的血脉不是由吉喜传播下来的。”

胡刀又说:“俺爷爷说人只能管一两代人的事,超不过四代。过了四代,老人就会被孩子们当成怪物,所以他说要在这时毁了他的画像,不让人记得他。”

火焰烧化了一片雪地,它终于收缩了、泯灭了。借着屋子里反映出的烛光,雪地是柠檬色的。吉喜听着逝川发出的那种轻微的呜咽声,不禁泪滚双颊。她再也咬不动生鱼了,那有质感的鳞片当年在她的齿间是怎样发出畅快的叫声啊。她的牙齿可怕地脱落了,牙床不再是鲜红色的,而是青紫色的,像是一面旷日持久被烟熏火燎的老墙。她的头发稀疏而且斑白,极像是冬日幽洞口旁的一簇孤寂的荒草。

吉喜就这么流着泪回到她的木屋,她将渔网搭在苍老的肩头,手里提着木盆,吃力地朝逝川走去。逝川的篝火玲珑剔透,许多渔妇站在盛着泪鱼的木盆前朝吉喜张望。没有那种悲哀之声从水面飘溢而出了,逝川显得那么宁静,对岸的白雪被篝火映得就像一片黄金铺在地上。吉喜将网下到江里,又艰难地给木盆注上水，然后呆呆地站在岸边等待泪鱼上网。子夜之后的黑暗并不漫长，吉喜听见她的身后有许多人走来走去，她想着当年她浇到胡会身上的那盆剐鱼水，那时她什么也不怕，她太有力气了。一个人没有了力气是多么令人痛心。天有些冷了，吉喜将头巾的边角努力朝胸部拉下，她开始起第一片网。网从水面上刷刷地走过，那种轻飘飘的感觉使她的心一阵阵下沉。一条泪鱼也没捕到，是个空网，苍白的网摊在岸边的白雪上，和雪融为一体。吉喜毫不气馁，总会有一条泪鱼撞入她的网的，她不相信自己会两手空空离去。又过了一段时间，曙色已经微微呈现的时候，吉喜开始起第二片网。她小心翼翼地拉着第二片网上岸，感觉那网沉甸甸的。她的腿哆嗦着，心想至少有十几条美丽的蓝色泪鱼嵌在网眼里。她一心一意地收着网，被收上来的网都是雪白雪白的，她什么也没看见，当网的端头垂头丧气地轻薄显露时，吉喜蓦然醒悟她拉上来的又是一片空网。她低低地骂了上帝一句什么，跌坐在河岸上。她在想，为什么感觉网沉甸甸的，却一无所获呢？最后她明白了，那是因为她的力气不比从前了，起网时网就显得沉重了。

天色渐渐地明了，篝火无声地熄灭了。逝川对岸的山赫然显露，许多渔民开始将捕到的泪鱼放回逝川了。吉喜听见水面发出“啪啪”的声响，那是泪鱼入水时的声音，泪鱼纷纷朝逝川的下游去了，吉喜仿佛看见了它们那蓝色的脊背和红色的鳍，它们的尾灵巧地摆动着，走得那样的快。它们从逝川的上游来，又到逝川的下游去。吉喜想，泪鱼是多么了不起，比人小几百倍的身子，却能岁岁年年地畅游整条逝川。而人却只能守着逝川的一段，守住的就活下去、老下去，守不住的就成为它岸边的坟冢听它的水声，依然望着它。

吉喜的嗓音嘶哑了，她很想在逝川岸边唱上一段歌谣，可她感觉自己已经不会发声了。两片空网摊在一起，晨光温存地爱抚着它们，使每一个网眼都泛出柔和的光泽。

放完泪鱼的渔民们陆陆续续地回家了，他们带着老婆、孩子和狗，老婆又带着木盆和渔网，而温暖的篝火灰烬里则留有狗活泼的爪印。吉喜慢慢地站起来，将两片渔网拢在一起，站在空荡荡的河岸上，回身去取她的那个木盆。她艰难地靠近木盆，这时她惊讶地发现木盆的清水里竟游着十几条美丽的蓝色泪鱼！它们那么悠闲地舞蹈着，吉喜的眼泪不由弥漫下来了。她抬头望了望那些回到渔村的渔民和渔妇，他们的身影飘忽不定，他们就快要回到自己的木屋了，一抹绯红的霞光出现在天际，使阿甲渔村沉浸在受孕般的和平之中。吉喜摇晃了一下，她很想赞美一句上帝，可说出的仍是诅咒的话。

吉喜用尽力气将木盆拖向岸边，她跪伏在岸边，喘着粗气，用瘦骨嶙峋的手将一条条丰满的泪鱼放回逝川。这最后一批泪鱼一入水便迅疾朝下游去了。

1994 年

亲亲土豆

如果你在银河遥望七月的礼镇，会看到一片盛开着的花朵。那花朵呈穗状，金钟般垂吊着，在星月下泛出迷幻的银灰色。当你敛声屏气倾听风儿吹拂它的温存之声时，你的灵魂却首先闻到了来自大地的一股经久不衰的芳菲之气，一缕凡俗的土豆花的香气。你不由在灿烂的天庭中落泪了，泪珠敲打着金钟般的花朵，发出错落有致的悦耳的回响，你为自己的前世曾悉心培育过这种花朵而感到欣慰。

那永远离开了礼镇的人不止一次通过梦境将这样的乡愁捎给他的亲人们，捎给热爱土豆的人们。于是，晨曦中两个刚刚脱离梦境到晨露摇曳的土豆地劳作的人的对话就司空见惯了：

“昨夜孩子他爷说在那边只想吃新土豆，你说花才开他急什么？”

“我们家老邢还不是一样？他嫌我今年土豆种得少，他闻不出我家土豆地的花香气。你说他的鼻子还那么灵啊?”

土豆花张开圆圆的耳朵，听着这天上人间的对话。

礼镇的家家户户都种着土豆。秦山夫妇是礼镇种土豆的大户，他们在南坡足足种了三亩。春天播种时要用许多袋土豆栽子，夏季土豆开花时，独有他家地里的花色最全，要紫有紫，要粉有粉，要白有白。到了秋天，也自然是他们收获最多了。他们在秋末时就进城卖土豆，卖出去的自然成了钱存起来，余下的除了再做种子外，就由人畜共同享用了。

秦山又黑又瘦，夏天时爱打赤脚。他媳妇比他高出半头，不漂亮，但很白净，叫李爱杰，温柔而贤惠。他们去土豆地干活时总是并着肩走，他们九岁的女儿粉萍跟在身后，一会儿去采花了，一会儿又去捉蚂蚱了，一会儿又用柳条棍去戏弄老实的牛了。秦山嗜烟如命，人们见他总是叼着烟眯缝着眼自在地吸着。他家的园子就种了很多烟叶，秋天时烟叶长成了，一把把蒲扇似的拴成捆吊在房檐下，像是古色古香的编钟，由着秋风来吹打。到了冬天，秦山天天坐在炕头吸烟，有时还招来一群烟友。他的牙齿和手指都被烟熏得焦黄焦黄的，嘴唇是猪肝色，秦山媳妇为此常常和他拌几句嘴。

秦山因为吸烟过量常常咳嗽，春秋尤甚，而春秋又尤以晚上为甚。李爱杰常常跟其他女人抱怨说她两三天就得洗一回头，不然那头发里的烟味就熏得她反胃。女人们就打趣她，秦山天天搂着你吸烟不成?李爱杰便红了脸，说去你们的，秦山才没那么多的纠缠呢。

可是纠不纠缠谁能知道呢?

秦山和妻子爱吃土豆，女儿粉萍也爱吃。吃土豆的名堂在秦家大得很，蒸、煮、烤、炸、炒、调汤等等，花样繁杂得像新娘子袖口上的流苏。冬天的时候粉萍常用火炉的二层格烤囫囵土豆，一家人把它当成饭后点心来吃。

礼镇的人一到七月末便开始摸新土豆来吃了。小孩子们蹿到南坡的土豆地里，见到垄台有拇指宽的裂缝了，便将手指顺着裂缝伸进去，保准能掏到一个圆鼓鼓的土豆，放到小篮里，回家用它炖豆角吃真是妙不可言。当然，当自家地的裂缝被一一企及、再无土豆露出早熟的迹象时，他们便猫着腰蹿入秦山家的土豆地，像小狐狸一样灵敏地摸着土豆，生怕被下田的秦山看见。其实秦山是不在乎那点土豆的，所以这个时节来土豆地干活，他就先在地头大声咳嗽一番，给小孩子们一个逃脱的信号，以免吓着他们。偷了土豆的孩子还以为自己做贼做得高明，回去跟家长说:“秦山抽烟落下的咳嗽真不小，都咳嗽到土豆地去了。”

初秋的时令，秦山有一天吃着吃着土豆就咳嗽得受不住了，双肩抖得像被狂风拍打着的一只衣架，只觉得五脏六腑都错了位，没有一处舒服的地方。李爱杰一边给他捶背一边嗔怪:“抽吧，让你抽，明天我把你那些烟叶一把火都点着了。”

秦山本想反驳妻子几句，可他无论如何都没有那力气了。

当天夜里，秦山又剧烈咳嗽起来，而且觉得恶心。他的咳嗽声把粉萍都惊醒了，粉萍隔着门童声童气地说："爸，我给你拔个青萝卜压压咳吧？"

秦山捶着脸说："不用了，粉萍，你睡吧。"

秦山咳嗽累了便迷迷糊糊睡着了。李爱杰担心秦山，第二天早早就醒了。她将头侧向秦山，便发现了秦山枕头上的一摊血。她吓了一跳，想推醒秦山让他看，又一想吐血不是好事，让秦山知道了，不是糟上加糟吗？所以她轻轻拈起秦山的头，将他的枕头撤下，将自己的枕头垫上去。秦山被扰得睁了一下眼睛，但捺不住咳嗽之后带给他的巨大疲乏，又睡去了。

李爱杰忧心忡忡地早早起来，洗了那个枕套。待秦山起来，她便一边给他盛粥一边说："咳嗽得这么厉害，咱今天进城看看去。"

"少抽两天烟就好了。"秦山面如土灰地说，"不看了。"

李爱杰说："不看怎么行，不能硬挺着。"

"咳嗽又死不了人。"秦山说，"谁要是进城给我捎回两斤梨来吃就好了。"

李爱杰心想："咳嗽死不了人，可人一吐血离死就近了。"这种不祥的想法使她在将粥碗递给秦山时哆嗦了一下，她甚至不敢看他的眼睛，只是无话找话地说："今天天真好，连个云彩丝儿都没有。"

秦山边喝粥边"唔"了一声。

“老周家的猪这几天不爱吃食，老周媳妇愁得到处找人给猪打针。你说都入秋了，猪怎么还会得病？”

“猪还不是跟人一样，得病哪分时辰。”秦山推开了粥碗。

“怎么就喝了半碗？”李爱杰颇为绝望地说，“这小米子我筛了三遍，一个谷皮都没有，多香啊。”

“不想吃。”秦山又咳嗽一声。秦山的咳嗽像余震一样使李爱杰战战兢兢。

早饭后李爱杰左劝右劝，秦山这才答应进城看病去。他们搭着费喜利家进城卖菜的马车，夫妇俩坐在车尾。由于落过一场雨，路面的坑坑洼洼还残着水，所以车轱辘碾过后就溅起来一串串泥浆，打在秦山夫妇的裤脚上。李爱杰便说：“今年秋天可别像前年，天天下雨，起土豆时弄得跟个泥猴似的。”

费喜利甩了一下鞭子回过头说：“就你们家怕秋天下连绵雨，谁让你们家种那么大的一片土豆了？你们家挣的钱够买五十匹马了吧？”

秦山笑了一声：“现在可是一匹不匹呢。”

费喜利“咦嗬”了一声，说：“我又不上你家的马房牵马，你怕啥？说个实话。”

李爱杰插言道：“您别逗引我们家秦山了，卖土豆那些钱要是能买回五十匹马来，他早就领回一个大姑娘填房了。”

费喜利嗬嗬地笑起来，马也愉快地小跑起来。马车颠簸着，马颈下的铃铛发出银子落在瓷盘中的那种脆响。

秦山气喘吁吁地说：“咱可没有填房纳妾的念头，咱又不是地主。”

李爱杰追问道：“真要是地主呢？”

“那也只娶你一个，咱喜欢正宫娘娘。”秦山吐了一口痰说，“等我哪天死了，你用卖土豆的钱招一个漂亮小伙入赘，保你享福。”李爱杰便因为这无端的玩笑灰了脸，差点落泪了。

医生给秦山拍了片子，告诉三天后再来。三天后秦山夫妇又搭着费喜利家进城卖菜的马车去了医院。医生悄悄对李爱杰说：“你爱人的肺叶上有三个肿瘤，有一个已经相当大了。你们应该到哈尔滨做进一步检查。”

李爱杰小声而紧张地问：“他这不会是癌吧？”

医生说：“这只是怀疑，没准是良性肿瘤呢。咱这儿医疗条件有限，无法确诊，我看还是尽早去吧，他这么年轻。”

“他虚岁才三十七。”李爱杰落寞地说，“今年是他本命年。”

“本命年总不太顺利。”医生同情地安抚她说。

夫妻俩回到礼镇时买了几斤梨，粉萍见父母回来都和颜悦色的，以为父亲的病已经好了，就和秦山抢梨吃。也许梨的清凉起到了很好的祛痰镇咳作用，当夜秦山不再咳了，还蛮有心情地向李爱杰求温存。李爱杰心里的滋味真比调味店的气味还复杂。答应他又怕耗他的气血使他情况恶化，可不答应又担心以后是否还有这样的机会。整个的人就像被马蜂给蜇了，没有一处自在的地方，所以就一副尴尬的应付相，弄得秦山直埋怨她：“你今晚是怎么了？”

第二天李爱杰早早就醒来，借着一缕柔和的晨光去看秦山的枕头。枕头干干净净的，没有一丝血迹，这使她的心稍稍宽慰了一些。心想也许医生的话不必全都放在心上，医生也不可能万无一失吧。两口子该做啥还做啥，拔土豆地里的稗草、给秋白菜喷农药、将大蒜刨出来编成辫子挂在山墙上。然而好景不长，过了不到一周，秦山又开始剧烈咳嗽，这次他自己见到咯出的血了，他那表情麻木得像蜡像人。

“咱们到哈尔滨看看去吧。”李爱杰悲凉地说。

“人一吐血还有个好吗？”秦山说，“早晚都是个死，我可不想把那点钱花在治病上。”

“可有病总得治呀。”李爱杰说，“大城市没有治不好的病。况且咱又没去过哈尔滨，逛逛世面吧。”

秦山不语了。夫妻二人商量了半宿，这才决定去哈尔滨。李爱杰将家里的五千元积蓄全部带上，又关照邻居帮她照顾粉萍、猪和几只鸡。邻居问他们秋收时能回来么，秦山咧嘴一笑说：“我就是有一口气，也要活着回来收最后一季土豆。”

李爱杰拍了一下秦山的肩膀，骂他：“胡说！”

两人又搭了费喜利家进城卖菜的马车。费喜利见秦山缩着头没精打采，就说：“你要信我的，就别看什么病去。你少抽两袋烟，多活动活动就好了。”

“我见天长在土豆地里干活，活动还算少吗?”秦山干涩地笑了一声，说，“看什么病，陪咱媳妇逛逛大城市去，买双牛皮鞋，再买个开长衩的旗袍。”

“我可不穿那东西给你丢人。”李爱杰低声说。

两个人在城里买了一斤烙饼和两袋咸菜，就直奔火车站了。火车票没有他们想象的那么贵，而且他们上车后又找到了挨在一起的座位，这使他们很愉快。所以火车开了一路李爱杰就发出一路的惊诧：

“秦山，你快看那片紫马莲花，绒嘟嘟的!”

“这十好几头牛都这么壮，这是谁家的?”

“这人家可真趁，瞧他家连大门都刷了蓝漆!”

“那个戴破草帽的人像不像咱礼镇的王富？王富好像比他瓷实点。”

秦山听着妻子恍若回到少女时代的声音，心里有种比晚霞还要浓烈的伤感。如果自己病得不重还可以继续听她的声音，如果病入膏肓，这声音将像闪电一样消失。谁会再来拥抱她温润光滑的身体？谁来帮她照看粉萍？谁来帮她伺候那一大片土豆地?

秦山不敢继续往下想了。

两人辗转到哈尔滨后并没心思浏览市容，先就近在站前的小吃部吃了豆腐脑和油条，然后打听如何去医院看病。一个扎白围裙的胖厨子一下子向他们推荐了好几家大医院，并告诉他们如何乘车。

“你说这么多医院，哪家医院最便宜？”秦山问。

李爱杰瞪了秦山一眼，说：“我们要找看病最好的医院，贵不贵都不怕。”

厨子是个热心人，又不厌其烦地向他们介绍各个医院的条件，最后帮助他们敲定了一家。

他们费尽周折赶到这家医院，秦山当天就被收入院。李爱杰先缴了八百元的住院押金，然后上街买了饭盒、勺、水杯、毛巾、拖鞋等住院物品。秦山住的病房共有八人，有两个人在吸氧气。在垂危者那长一声短一声的呼吸声中有其他病人的咳嗽声、吐痰声和喝水声。李爱杰听主治医生讲要给秦山做CT检查，这又是一笔不小的开销。但李爱杰豁出去了。

秦山住院后脸色便开始发灰，尤其看着其他病人也是一副愁容惨淡的样子，他便觉得人生埋伏着的巨大陷阱被他踩中了。晚饭时李爱杰上街买回两个茶蛋和一个大面包。与秦山邻床的病人也是中年人，很胖，头枕着冰袋，他的妻子正给他喂饭。他得的好像是中风，嘴歪了，说话含混不清，吃东西也就格外费力。喂他吃东西的女人三十来岁，齐耳短发，满面憔悴。有一刻她不慎将一勺热汤洒在了他的脖子上，病人急躁地一把打掉那勺，吃力地骂：“婊子、妖精、破鞋——”女人撇下碗，跑到走廊伤心去了。

李爱杰和秦山吃喝完毕，便问其他病人家属如何订第二天的饭，又打听茶炉房该怎么走。大家很热心地一一告诉她。李爱杰提着暖水瓶走出病室的门时天已经黑了，昏暗的走廊里有一股阴冷而难闻的气味。李爱杰在茶炉房的煤堆旁碰到那个挨了丈夫骂的中年妇女，她正在吸烟。看见李爱杰，她便问：

“你男人得了什么病？”

“还没确认呢。”李爱杰说，“明天做 CT。”

“他哪里有毛病？”

“说是肺。”李爱杰拧开茶炉的开关，听着水咕噜噜进入水瓶的声音。“他都咯血了。”

“哦。”那女人沉重地叹息一声。

“你爱人得了中风？”李爱杰关切地问。

“就是那个病吧，叫脑溢血，差点没死了。抢救过来后半边身子不能动，脾气也暴躁了，稍不如意就拿我撒气，你也看见了。”

“有病的人都心焦。”李爱杰打完水，盖严壶盖，直起身子劝慰道，“骂两句就骂两句吧。”

“唉，摊上个有病的男人，算咱们命苦。”女人将烟掐死，问：“你们从哪里来？”

“礼镇。”李爱杰说，“坐两天两夜的火车呢。”

“这么远。”女人说，“我们家在明水。”她看着李爱杰说：“你男人住的那张床，昨晚刚抬走一位。才四十二岁，是肝癌，留下两个孩子和一个快八十的老母亲，他老婆哭得抽过去了。”

李爱杰提水壶的胳膊就软了，她低声问："你说真要得了肺癌还有救吗？"

"不是我嘴损，癌是没个治的。"那女人说，"有那治病的钱，还不如逛逛风景呢。不过，你也别担心，说不定他不是癌呢，又没确诊。"

李爱杰愈发觉得前程灰暗了，不但手没了力气，腿也有些飘，看东西有点眼花缭乱。

"你家在哈尔滨有亲戚吗？"

"没有。"李爱杰说。

"那你晚间住哪儿？"

"我就坐在俺男人身边陪着他。"

"你还不知道吧，家属夜间是不能待在病房的，除非是重病号夜间才允许有陪护。看你的样子，家里也不是特别有钱的，旅店住不起，不如跟我去住，一个月一百块钱就够了。"

"那是什么地方？"李爱杰问。

"离医院不远，走二十分钟就到了。是一片要动迁的老房子，矮矮趴趴的。房东是老两口，闲着间十平方米的屋子，原先我和那个得肝癌病的人的老婆一起住，她丈夫一死，她就收拾东西回乡下了。"

"真过意不去。"李爱杰说，"你真是好心人。"

"我叫王秋萍。"女人说，"你叫我萍姐好了。"

"萍姐。"李爱杰说，"我女儿也叫萍，是粉萍。"

两个女人出了茶炉房，通过一段煤渣遍地的甬道回到住院处的走廊。她们一前一后走着，步履都很沉重。一些病人家属来来往往地打水和倒剩饭，卫生间的垃圾桶传出一股刺鼻的馊味儿。

秦山在李爱杰要离开他跟王秋萍去住的时候忽然拉住她的手说：“爱杰，要是确诊是癌，咱可不在这遭这份洋罪，我宁愿死在礼镇咱家的土豆地里。”

“瞎说。”李爱杰见王秋萍在看他们，连忙抽回手，并且有些脸红了。

“你别心疼钱，要吃好住好。”秦山嘱咐道。

“知道了。”李爱杰说。

房东见王秋萍又拉来新房客，当然喜不自禁。老太太麻利地烧了壶开水，还洗了两条嫩黄瓜让她们当水果吃。那间屋子很矮，两张床都是由砖和木板搭起来的，两床中央放着个油漆斑驳的条形矮桌，上面堆着牙具、镜子、茶杯、手纸等东西。墙壁上挂着几件旧衣裳，门后的旮旯里有个木盖马桶。这所有的景致都因为那盏低照度的灯泡而显得更加灰暗。

王秋萍和李爱杰洗过脚后便拉灭了灯，两人躺在黑暗中说着话。

“刚才看你男人拉你手的那股劲，真让我眼热。”王秋萍羡慕地说，“你们的感情真深哪。”

“所以他一病我比自己病还难受。”李爱杰轻声说。

“唉，我男人没病前我俩就没那么好的感情，两天不吵，三天早早的。他病了我还得尽义务，谁想这人脾气越来越随驴了。我伺候了他三个月了，他的病老是反复，家里的钱折腾空了，借了一屁股的债，愁得我都不想活了。两个孩子又都不立事，婆婆还好吃懒做，常对我指桑骂槐的。”

“你家也靠种地过日子？”李爱杰问。

“可不，咱也是农民嘛。前年他没病时跟人合开了一个榨油坊，挣了几千块钱，全给赌了。”

“那你的钱怎么还呢？”

“我现在就开始干两份活了。”王秋萍说，“每天早晨三点多钟我就到火车站的票房子排队买卧铺票，然后票贩子给我十五块钱。中午我给一家养猪场到几家饭店去收剩饭剩菜，也能收入个十块八块的。一天下来，能有二十几块吧。”

“你男人知道你这么辛苦吗？”

“他不骂我就烧高香了，哪还敢指望他疼我。”王秋萍长长叹口气，“他将来恢复不好，真是偏瘫了，我后半辈子就全完了。有时候真巴不得他——”

李爱杰知道她想说什么，她在黑暗中吃惊地“啊”了一声。

“你要是摊上了就知道了。”王秋萍乏力地说，“要是你男人真得了癌，得需要一大笔钱，还治不出个好来。到时我帮你联系点活干，卖盒饭、给人看孩子、送牛奶……”

王秋萍的声音越来越细，沉重的疲惫终于遏止了她的声音，将她推入梦乡。李爱杰辗转反侧，一会儿想秦山在医院里能否休息好、夜里是否咳嗽，一会儿又想粉萍在邻居家住得习惯吗，一会儿又想礼镇南坡她家那片土豆地，想得又乏又累才昏昏沉沉睡去。等到醒来后天已经大亮了，房东正在扫地，有几只灰鸽子在窗台前咕咕叫，王秋萍的铺已经空了。

“夜里睡得踏实吗？”房东热情地问。

“挺香的。”李爱杰说，“一路折腾来的乏算是解了。”

房东一边忙活一边絮絮叨叨问李爱杰一些事。男人得的什么病呀，家里几口人呀，住几间房呀。她告诉李爱杰，王秋萍一大早就上火车站排队买卧铺票去了，让她早起后到街角买个煎饼馃子吃。

李爱杰洗过脸，就沿着昨夜来时的路线去医院。街上无论是汽车还是行人都多得让她数不过来，她想，城里的马路才真正是苦命的路。天有些阴，但大多数的女人都穿着裙子，她们露着腿，背着精致考究的皮包，高跟鞋将人行道踩得咯噔咯噔响。她本想在街角买个煎饼馃子吃，但因为惦记秦山，还是空着肚子先到医院去了。一进走廊，就见秦山住的病室的门被推开了，一下子拥出来五六个手忙脚乱的人，有医生，也有神色慌乱的陌生人。跟着推出了一个病人，吓得李爱杰腿都软了。直到看到那病人不是秦山，这才缓过气来，看着他们朝抢救室急急而去。

秦山帮妻子订了一份小米粥，怕粥凉了，用饭盒扣得严严实实的，搁在自己的肚子上，半仰着身子用手焐着。李爱杰一来，他就笑着从被窝里拿出饭盒，说："还温着呢，快吃吧。"

李爱杰鼻子一酸，轻声问："夜里没咳嗽吧？"

秦山眨眨眼睛，摇摇头，轻声说："你不在身边就是睡不踏实。"

李爱杰眼睛湿湿地看了眼秦山，然后垂头去吃那盒粥。病室窗外的树叶被风吹得飒飒响，像秦山年轻时用麦秸拨弄她耳朵逗她发痒的那股声音。李爱杰看了一眼王秋萍的丈夫，他四肢僵硬地躺在床上，歪着头，贪馋地看着邻床的病人吃烙饼。那表情完全像个不谙世事的小孩子。

秦山的检查结果很快出来了。当李爱杰被医生叫到办公室后她知道一切都完了。

医生说："他已经是晚期肺癌了，已经扩散了。"

李爱杰没有吱声，她只觉得一下子掉进一口黑咕隆咚的井里，她感觉不出阳光的存在了。

"如果做手术，效果也不会太理想。"医生说，"你考虑吧，要么就先用药物维持。不过最好不要让病人知道真实情况，那样会增加他的心理负担。"

李爱杰慢吞吞地出了医生办公室，她在走廊碰到很多人，可她感觉这世界只有她一个人。她来到住院处大门前的花坛旁，很想对着那些无忧无虑的娇花倩草哭上一场。可她的眼泪已经被巨大的悲哀征服了，她这才明白绝望者是没有泪水的。

李爱杰去看秦山的时候为了掩饰自己内心的慌乱，特意从花坛上偷偷摘了一朵花掖在袖筒里。秦山正在喝水，雪亮的阳光投在他青黄瘦削的脸颊上，他的嘴唇干裂了。李爱杰趁他不备将花从袖筒掏出来：“闻闻，香不香？”她将花拈在他的鼻子下。

秦山深深闻了一下，说：“还没有土豆花香呢。”

“土豆花才没有香味呢。”李爱杰纠正说。

“谁说土豆花没香味？它那股香味才特别呢，一般时候闻不到，一经闻到就让人忘不掉。”秦山左顾右盼见其他病人和家属都没有注意听他们说话，才放心大胆地打趣道：“就像你身上的味儿一样。”

李爱杰凄楚地笑了。就着这股笑劲，她装作兴高采烈地说：“你知道我为什么偷花给你吗？咱得高兴一下了，你的病确诊了，就是普通的肺病，打几个月的点滴就能好。”

“医生跟你说了？”秦山心凉地问。

“医生刚才告诉我，不信你问问去。”李爱杰说。

“没有大病当然好，我还去问什么呢。”秦山说，“咱都来了一个多礼拜了，该是收土豆的时候了。”

“你放心，咱礼镇有那么多的好心人，不能让咱家的土豆烂到地里。”李爱杰说。

“自己种的地自己收才有意思。”秦山忽然说，“钱都让你把着，你就不能给我几百让我花花？”

“我才没那么抠门呢。”李爱杰抿嘴一乐，“你现在躺在医院里又不能出去逛，你要钱有什么用？”

“订点好饭呀，托人买点水果呀什么的。”秦山端起水杯喝了几口水，然后说：“身上有钱踏实。”

李爱杰就从腰包数出三百块钱给了秦山。

当天下午，护士便来给秦山输液了，是一种没贴药品标签的液体。李爱杰一边陪他输液一边和他说着温暖话。到了黄昏，输完液，送饭的来了。他们又一起吃了米饭和豆角。秦山吃得虽然少，但他看上去情绪不错，因为他一直在说话。

黄昏了。王秋萍来给丈夫送饭，她黑着眼圈，手上缠着绷带。她这两天特别倒霉，铁路打击票贩子，票贩子都不敢出现了。她想自己买票暗中高价卖掉，不料这一段天天起得迟，到了售票处只能排到队尾，自然毫无所获，而且手又不巧被铁栅栏给划破了。她丈夫虽然脾气不好，但食欲却比往日还要旺盛，整天指着名要鸡要鱼的，王秋萍只能硬挨着。

“秦山，你也喝点鸡汤吧。”王秋萍说。

“我和爱杰刚吃过。”秦山和悦地笑笑，“谢谢了。”

王秋萍的丈夫恨恨地瞪了王秋萍一眼，说：“你看他比我年轻，让他喝我的鸡汤，你勾引人——”

王秋萍摇头叹口气，无可奈何地给丈夫一勺一勺地喂鸡汤。喂完丈夫，她和李爱杰一起上厕所，突然说：“那么多不该进太平房的人都进了那里，他这该进的却天天活着磨人。有时候真想毒死他。”

李爱杰怔怔地看着王秋萍，失神地说：“秦山确诊了。”她突然扑到王秋萍怀里哭起来，“我还不如你，想让他磨我也没这个日子了！”

两个中年女人相抱在一起哭成了泪人，将一些上厕所的人吓得大惊失色。

那一夜王秋萍和李爱杰几乎彻底未眠。两个人买了瓶白酒，喝得酩酊大醉，将在厕所没有哭完的泪水又哭了出来。刚开始时两人都觉头昏沉沉的，奇怪的是哭得透彻了倒把酒给醒了，毫无睡意。两人便讲起各自的家世，说得天有晓色，才觉得眼睛发涩，便都酣然沉睡于蓓蕾般的黎明中。

李爱杰梦见自己和秦山去土豆地铲草，路过草甸子，秦山为她采一枝花，掉进了沼泽中。眼看着人越陷越深，急得李爱杰大喊起来，一个激灵从睡梦中坐了起来。揉揉太阳穴，看着矮桌上的空酒瓶和吃剩的香肠、豆腐干、花生米，她才忆起昨夜和王秋萍喝酒的事。王秋萍裹条薄绒毯子，睡得头发披散，鼻翼微微翕动，面色也比白日里看上去好多了。李爱杰抓过手表，一看已经是正午时分了，吓得非同小可，连忙推醒王秋萍：“萍姐，中午了，咱们还没去医院呢。”

王秋萍也“哎哟”一声坐起来，用手背使劲揉了下眼睛，懊恼地自责：“唉，排不成车票，连猪食也收不成了。”她直了直腰，忽然又四仰八叉躺倒在床，一副听天由命的样子：“反正已经中午了，不如睡到晚上，还能省顿饭。”

李爱杰知道她在说气话。待她梳洗完毕回到小屋，王秋萍果然已经起床了。她对李爱杰说，过两天她要回明水一趟，夜里她梦见两个孩子让狗给咬了："一个咬在胳膊上，一个咬在腿上，扑在我面前哭得起不来，孩子托生在我家真是可怜。"

"梦都是反着来解的。"李爱杰安慰她，"你梦见他们哭说明他们笑。"

"咳，我想孩子了。"王秋萍又是一声长长的叹息，"也该秋收了，总不能老指着我娘家人帮忙吧？"

"是该秋收了，我们家有好大一片土豆地呢。"李爱杰说这话的感觉就像没过足秋天双脚却踩在了初冻的薄冰上，有一种说不出的失落和凄楚。

两个人说着话来到街上，各自买了一个煎饼馃子，倚着浮灰重重的栅栏吃起来。阳光很灿烂，她们眯缝着眼睛，百无聊赖地看着行人、车辆、广告牌，听着汽车喇叭声、磁带销售摊前录音机播放的流行歌曲声以及此起彼伏的叫卖声。

她们赶到医院时午饭已经过了。李爱杰一进病房就傻了眼。秦山不见了，病服堆在床上，床头柜上的饭盒等东西也不见了。

护士正在给患者扎针，见了李爱杰便态度生硬地说："五号床的家属，你们家的病人怎么不见了？"

"昨晚我离开时他还好好地待在这里，他怎么会出了医院？"李爱杰气急地说，"该问你们医院吧？"

“医院又不是托儿所。”护士没有好气地说，“还住不住了？不住还有其他病人等着床呢。”

李爱杰掀开秦山的床单，见床下的拖鞋也不见了，她便害怕地坐在床头哭起来。邻床的一位患者说，晚上秦山还睡得好好的，凌晨四点左右，天才放亮，秦山就下床了，他以为他去解手了。

秦山会不会去死呢？昨天她和王秋萍在厕所哭了一场，尽管回病房前洗了好几遍脸，又站在院子的风中平静了一番，可她红肿的眼睛也许让他抓到蛛丝马迹了。他没有告别就走了，看来是不想活了。

王秋萍顾不上自己的丈夫了，连忙陪同李爱杰去找秦山。她们去了松花江边、霁虹桥的铁路交叉口以及公园幽深的树林，一切可以自杀的场所几乎都让她们跑遍了，然而没有什么人投江、卧轨或是吊在公园的树下。天黑的时候，她们仍不见秦山的影子，有的只是源源不断的、形形色色的陌生的归家人。李爱杰趴在霁虹桥的绿铁栏前痛哭起来。

她们绞尽脑汁想秦山会去哪里，最后王秋萍说也许他去极乐寺出家了。李爱杰也觉得有些道理，也许秦山以为遁入佛门会使他的病和灵魂都得到拯救。于是她们又挨过一个不眠之夜后，一大早就去了极乐寺。她们找到住持，问昨天是否有人要来出家。住持双手合十念了声“阿弥陀佛”，然后微微摇头。她们便又去了大直街上的天主堂和一处基督堂。她们为什么去教堂？也许她们认为那是收留人灵魂的地方。转到下午，仍不见秦山的影子。她们又跑回住处看房东家的电视，看本市午间新闻是否有寻人启事或者是意外事故的发生，结果她们毫无所获。

一直到了下午两点，处于极度焦虑状态的李爱杰才突然意识到秦山一定是回礼镇了。一个要自杀的人怎么会带走饭盒、毛巾、拖鞋等东西呢？她又联想起秦山那天朝她要钱的事，就更加坚定地认为秦山回了家乡了。李爱杰开始打点回家的行装。

“萍姐，一会儿跟我去办出院手续。”李爱杰头也不抬地说，“秦山一定是回了家了。”

“他不想治病了？”王秋萍大声叫道。

“他一定明白他的病是绝症了，治不好的病他是不会治的。”李爱杰哽咽地说，“他是想把钱留下来给我和粉萍过日子，我知道他。”

“这么善良的人怎么让你摊上了？”王秋萍抽咽了一下，“他回家怎么不叫上你？”

“叫上我，我能让他走吗？”李爱杰说，“今天的火车已经赶不上了，明天我就往回返。”

一旦想明白了秦山的去处，李爱杰就沉静下来了。下午王秋萍陪她去办出院手续，院方开始不退住院押金，说病人已经住了一周多了，而且又用了不少药。李爱杰说不过他们，便去求助于秦山的主治医生。医生听明情况后，帮助她找回了应退还的钱。

晚间，李爱杰打开旅行袋，取出一条很新的银灰色毛料裤子，递给王秋萍："萍姐，这是我三年前的裤子，就上过两回身。城里人爱以貌取人，你去哪办事时就穿上它。你比我高一点，你可以把裤脚放一放。"

王秋萍捧着那条裤子，将它哭湿了好大一片。

李爱杰赶回礼镇时正是秋收的日子，家家户户都在南坡地里起土豆。是午后的时光，天空极其晴朗，没有一丝云，只有凉爽的风在巷子里东游西逛。李爱杰没有回家，她径直朝南坡的土豆地走去。一路上她看见许多人家的地头都放着手推车，人们刨的刨、捡的捡、装袋的装袋。邻家的狗也跟着主人来到地里，见到李爱杰，便摇着尾巴上来叼她的裤脚，仿佛在殷勤地问候她：你回来了？

李爱杰远远就看见秦山猫腰在自家的地里起土豆，粉萍跟在他身后正用一只土篮捡土豆。秦山穿着蓝布衣，午后的阳光沉甸甸地照耀着他，使他在明亮的阳光中闪闪发光，李爱杰从心底深深地呼唤了一声："秦山——"双颊便被自己的泪水给烫着了。

秦山一家人收完土豆后便安闲地过冬天。秦山消瘦得越来越快，几乎不能进食了。他常常痴迷地望着李爱杰一言不发。李爱杰仍然平静地为他做饭、洗衣、铺床、同枕共眠。有一天傍晚，天落了雪，粉萍在灶间的火炉上烤土豆片，秦山忽然对李爱杰说：“我从哈尔滨回来给你买了件东西，你猜是啥？”

“我怎么猜得出来。”李爱杰的心咚咚地跳起来。

秦山下了炕，到柜子里拿出一个红纸包，一层层轻轻地打开，抖搂出一条宝石蓝色的软缎旗袍，那旗袍被灯光映得泛出一股动人的幽光。

“哦！”李爱杰吃惊地叫了一声。

“多亮堂啊。”秦山说，“明年夏天你穿上吧。”

“明年夏天——”李爱杰伤感地说，“到时我穿给你看。”

“穿给别人看也是一样的。”秦山说。

“这么长的衩，我才不穿给别人看呢。”李爱杰终于抑制不住地哭着扑倒在秦山怀里，“我不愿意让别人看我的腿……”

秦山在下雪的日子里挣扎了两天两夜终于停止了呼吸。礼镇的人都来帮助李爱杰料理后事，但守灵的事只有她一人承当。李爱杰在屋里穿着那条宝石蓝色的软缎旗袍，守着温暖的炉火和丈夫，由晨至昏，由夜半至黎明。直到了出殡的那一天，她才换下了那件旗袍。

由于天寒地冻，在这个季节死去的人的墓穴都不可能挖得太深，所以覆盖棺材光靠那点冻土是无济于事的。人们一般都去拉一马车煤渣来盖坟，待到春暖花开了再培新土。当葬礼主持差人去拉煤渣的时候，李爱杰突然阻拦道：“秦山不喜欢煤渣。”

葬礼主持以为她哀思深重，正要好言劝导，她忽然从仓房里拎出几条麻袋走向菜窖口，打开窖门，吩咐几个年轻力壮的人："往麻袋里装土豆吧。"

大家都明白李爱杰的意图，于是就一齐动手捡土豆。不出一小时，五麻袋土豆就装满了。

礼镇人看到一个不同寻常的葬礼。秦山的棺材旁边坐着五麻袋敦敦实实的土豆，李爱杰头裹孝布跟在车后，虽然葬礼主持不让她跟到墓地，她还是坚持随着去了。秦山的棺材落入坑穴，人们用铁铲将微薄的冻土扬完后，棺材还露出星星点点的红色。李爱杰上前将土豆一袋袋倒在坟上，只见那些土豆咕噜噜地在坟堆上旋转，最后众志成城地挤靠在一起，使秦山的坟豁然丰满充盈起来。雪后疲惫的阳光挣扎着将触角伸向土豆的间隙，使整座坟洋溢着一股温馨的丰收气息。李爱杰欣慰地看着那座坟，想着银河灿烂的时分，秦山在那里会一眼认出他家的土豆地吗？他还会闻到那股土豆花的特殊香气吗？

李爱杰最后一个离开秦山的坟。她刚走了两三步，忽然听见背后一阵簌簌的响动。原来坟顶上的一只又圆又胖的土豆从上面坠了下来，一直滚到李爱杰脚边，停在她的鞋前，仿佛一个受宠惯了的小孩子在乞求母亲那至爱的亲昵。李爱杰怜爱地看着那个土豆，轻轻嗔怪道："还跟我的脚呀？"

1995 年

雾月牛栏

宝坠在暗夜中倾听牛反刍的声音。这种草料与唾液杂糅的声音使他陷入经常性的回忆。他总觉得有什么重要的事情就裹在这声音里，可回忆像深渊一样难以洞穿，他总是无功而还。

继父大约是快死了的缘故，这一段他几乎天天都来牛屋和宝坠说话。有时他一言不发地抚摸宝坠的脑袋，眼睛里漫出浑浊的泪水。宝坠就说："叔，你饿了？"因为他饿极了就想哭。

继父摇摇头，青黄的面颊抽搐着，他哆哆嗦嗦地拉住宝坠的手说："等叔死了，你就回屋里去睡。"

"我乐意和牛在一起。"宝坠嘻嘻笑着，"花儿快生小牛犊了。"

花儿是一头棕白相间的花母牛，它左脸有块形似兰花的白斑，这使它比扁脸和地儿都显得漂亮。地儿是一头三岁的黑公牛，是家里耕田犁地的主要劳力；而扁脸矮矮的个子，深棕色，是头年长的公牛，由于尾巴太粗，拉屎时老是弄脏尾巴，宝坠便埋怨它，夜里往槽子里添食时就拍一下扁脸的肚子，“别贪吃个没完啊，吃东西要有时有晌的。”

这话是母亲经常说给他的，如今他转嫁给扁脸。扁脸可不管这一套，它食量惊人地照吃不误，身后的卫生自然也就每况愈下。宝坠曾试图将它的尾巴用绳子拴起，高高地吊在牛栏上，可他仅仅试验着刚把绳子系在牛尾上，扁脸就拉下一盘屎，用尾巴卷着扬到宝坠的脸上，气得宝坠直想割下它的尾巴。

“割下你的尾巴喂狼！”宝坠威胁着，却把扁脸尾巴上的绳子解了下来。

继父已经好些天不来牛屋了。雪儿每次来给他送饭，宝坠就问：“我叔死了吗？”

雪儿就将洁白的牙齿咬得咯吱咯吱地响，狠狠地说：“你才死呢！”

雪儿是宝坠同母异父的妹妹。她清清瘦瘦的，不爱吃荤腥食物，眼睛又黑又大，有几分倔强，母亲常说雪儿的肚子里长满蛔虫。

牛反刍的声音衰竭了，宝坠咂摸咂摸嘴合上了眼睛。才睡着不久，一道强光刺痛了他的眼睛，一股浓烈的汗酸味袭来，母亲声音嘶哑地吆喝道：“宝坠，你醒醒，你起来看看你叔，他要撒手了，想要瞅瞅你。”

“你别让它刺我的眼睛。”宝坠嘟囔着，指着那道射向他的电筒光。

母亲连忙将那光转向别处，正照在中间的牛栏上，三朵拴牛的梅花扣朵朵清幽，只是没有香气沁出。

宝坠坐了起来。

“你快去呀，你叔等不了多久了。”母亲带着哭音说，“虽然说他是你后爸，可待你多好呀，你一住牛屋，他就把这拾掇得比人住的屋子还暖和，他还天天给你来送饭，宝坠——”

“我不回人住的屋子。”宝坠复又躺下，“我要和牛睡在一起。”

“你就去这一回。”母亲乞求地俯身抚摸了一下儿子的额头，“明天妈给你烙葱花油饼。”

“卷土豆丝吗？”宝坠的胃因为兴奋而跳了一下。

母亲点点头。

宝坠再一次坐起来，他觉得母亲的那张脸跟冻白菜一样难看，她的头发也跟扁脸的尾巴一样脏。他穿上鞋，为着天明后的一顿美味而出了牛屋。外面有些凉，星光像蟋蟀一样在院子里跳荡，他看见了屋子里的灯光，就在开门的一瞬他害怕了，他瑟瑟颤抖着后退，屋子里的气息使他想哭，他哀哀地说：“我要回牛屋——”

“宝坠——”母亲说，“妈给你跪下不成？”

“宝——坠——”继父的声音像在海浪中颠簸的小船一样

晃晃悠悠地飘来。

母亲就势一把将他推进屋子，然后将背后的门关上。

宝坠持续地颤抖着，他见雪儿正端着个黄茶缸给继父喂水，继父斜倚在炕头，眼睛睁得大大的，垂在炕边的胳膊像根干柴棒一样僵直。

宝坠被母亲给推到炕沿前。雪儿瞪了一眼宝坠，把茶缸余下的水泼到地上，然后到窗前去了。

继父的嘴唇像蚯蚓一样嚅动着，他喘着粗气说："叔要死了，你答应叔，以后你回屋来住，你自己住一个屋，你妈和雪儿住一个屋。"

"妈和叔住一起。"宝坠说。

"可叔要死了，她不能和叔住一起了。"继父说。

"再来个活的叔和她住一块。"宝坠说。

母亲声嘶力竭地上来打了宝坠一下，"孽——障——"

宝坠趔趄了一下，站定后不知所措地看着继父。

"我要和牛住。"宝坠说，"花儿要生牛犊了。"

继父怜爱地看着宝坠，大颗大颗的泪水流到凹陷的双颊。

"叔——"宝坠忽然说，"你死后就不回来了？"

继父"呃"了一声，依然泪流不止。

"那我问你个事。"宝坠说，"牛为什么要倒嚼呢？"

继父曾当过兽医，对牲畜的事自然了如指掌。

"牛长着四个胃。"继父说，"牛吃下的草先进了瘤胃，然后又从那到了蜂巢胃。到了这里后它把草再倒回口里细嚼，接着，接着——”

“接着又咽下去了？”宝坠目不转睛地盯着继父问。

继父疲乏地点点头，说：“咽下的草进了重瓣胃，然后再跑到皱胃里去。”

宝坠把“皱胃”听成了“臭胃”，他不由嘻嘻笑道：“牛可真傻，倒来倒去，把那么香的草给弄到臭胃里了。到了臭胃就变成屎了吧？”

继父的泪水流得更凶了，他仍然徒劳地想拉一拉宝坠的手，可他的每一次挣扎都使得他与继子之间的距离在增加。

宝坠惦记着该给三头牛再添些夜草，所以他就转过身朝屋外走。

母亲哽咽着挡住宝坠的去路，她说：“你不谢谢你叔这些年对你的养育之恩？”

“他都要死了。”宝坠说，“谢他，他也记不住多一会儿了，还累脑子。”

“你这个傻——”母亲号啕大哭。

宝坠绕开母亲，他朝屋外走去，雪儿蹲在门槛上呜呜地哭。宝坠一脚跨过她，说：“你又不死，你哭什么？”

“明天我屁也不给你吃！”雪儿咬牙切齿地指着宝坠的背影说。

“葱花油饼，还卷土豆丝呢。”宝坠得意扬扬地说。

“做梦！”雪儿“呸”了宝坠一口。

宝坠一回到牛屋花儿就低低地叫了一声，小主人从不夜间出门，它大约为他担心了。地儿也随之温存地“哞——”了一声，就连脾气暴躁的扁脸也短促地应和了一声，加入了问候者的行列。宝坠心下感动着，连忙去给它们添草。取草的路上他被铡刀给绊倒了，爬起后他数落铡刀：“白天你还要干活呢，晚上不好好睡觉，伸手拽我干啥？”

干草在槽子里柔软地起伏着，宝坠对着他的三个伙伴说：“你们急了吧？我叔要死了，他想瞅瞅我。”他摸着花儿圆鼓鼓的肚子说：“我现在知道了，你们长着四个胃，最后的那个胃是臭胃。”

花儿、地儿和扁脸吃过草后慢条斯理地反刍，宝坠支持不住回炕睡下了。

雾气使牛屋的早晨根本不像早晨。有雾的日子宝坠就格外想哭。他坐在炕上，环顾着愈发显得昏暗的牛屋，不明白那雾怎么年年都来。

牛槽上横着的牛栏被一东一西两根柱子支撑得永远那么牢固。那道栏是白桦树做成的，黑色的树斑像是一群人的大大小小的眼睛嵌在那里，有的炯炯有神，有的则呆滞不堪。三朵拴着牛的梅花扣在雾气中颤颤欲动，仿佛真正的花在盛开。宝坠每天要爬到牛槽两次接触牛栏，早晨打落三朵梅花使牛获得去野外的自由，晚上又将三朵梅花重新盘上。他每次在解和结梅花扣的时候都怦然心动，仿佛这个瞬间曾发生过什么重大事情，可他无论如何也想不起什么，一如他听到牛的反刍声努力回忆仍终无所获一样。

宝坠在雾气中望着那道牛栏，这时牛屋的门开了，一汪亮色如泉水一般涌入，雾气纷纷扬扬地漫了过来。雪儿清脆的声音响了起来：

“宝坠，你的饭！”

自从继父病危后，一直都由雪儿来为他送饭。

宝坠没有答应。

雪儿飞快地走到南墙的饭桌旁，将一个碗和一个盘子摆上去。她穿着翠绿色的短褂子，三头牛为着这黯淡光线中的鲜润翠色而无比纵情地叫起来。

“葱花油饼卷土豆丝！”雪儿说，“你别一顿都吃了，留下两张中午吃。”

宝坠还是没有答应。

“妈说了，今天下雾了，路滑，别把花儿带出去了，它要是摔着了，肚子里的牛犊就保不住了。”雪儿伶牙俐齿地说。

宝坠答应了一声，然后问：“叔死了吗？”

“你才死呢！”雪儿几步蹿到宝坠面前，“他要死了你哪有葱花油饼吃，吃个屁！”

“你肚子里都长虫子了，还这么厉害。”宝坠说。

“狗肚子才长虫子呢！”雪儿蹿了一下，那样子像只绿鹦鹉。

“叔怎么还没死？”宝坠颇为失落地说。

雪儿气鼓鼓地离开牛屋，走到门口时她又大声重复：“别带花儿出去啊，外面下雾了，路太滑！”

宝坠跳下炕去吃葱花油饼。他将饼平摊在桌子上，然后将土豆丝卷上。奇怪的是他以回屋见叔为代价换来的美食并未给他带来快乐，他的胃里好像塞满了棉花，再吃进什么都显得多余。他只咽了一张就离开饭桌。

从矮矮的东窗可以看到外面的雾仍然很大。

宝坠跳上牛槽，他站在上面，头颅就越过了牛栏，三朵梅花扣盈盈欲动地望着他。宝坠先解开了两朵，地儿和扁脸就朝门走去。轮到花儿，他踌躇了一下，但还是把那朵花打落了，他跳下牛槽摸着花儿的鼻子说：“今天你要慢点走，外面下雾了，你要是摔倒了，肚子里的牛犊也会跟着疼。”

花儿“哞——哞——”地叫了两声，温顺地答应了。

宝坠将两张饼卷起放进饭袋，背上水壶，赶着三头牛出了牛屋。

雾气轰轰烈烈地在大地上浮游。太阳像团刺猬一样在浓雾背后变幻不定地动着。宝坠视线模糊，只觉得脚下的路仿佛涂了猪油，踩上去东摇西晃的。扁脸显示出长者风范，冲锋在前，地儿紧随其后，只有花儿听话地跟在宝坠身边。他们四个在大雾中穿行，经过一座座房屋。屋外的黑栅栏在白雾中像是在水中漂游的青鱼。几声清冷的狗吠声响起，接着是一缕金色的鸡鸣。宝坠和花儿同时停下步子，等待鸡鸣声落下。他们都喜欢这声音。偶尔有几个过路人与宝坠擦肩而过，虽然看不清他们的脸，但那声音宝坠却是熟悉的。

“放——牛——去——?”拉长声调的人是老张头，他喜欢喝酒，舌头总是不听使唤。

“花儿还莫（没）生?”这是做豆腐的邢婶，她说话很快，口腔中老是散发出一股葱味。

“你叔还撑得住么?”问这话的一定是李二拐了，他扯着三岁的儿子红木。他因为死了老婆，老是一副惨兮兮的样子，每天领着孩子在村子的小路上转悠，谁吆喝去吃饭他就进谁家的门。他老婆死了一年，他便领着儿子吃遍了全村的人家。现在他每碰到宝坠都要打听他叔的病。

宝坠回答这三个人的话都很简短：

“嗯。”

“没生。”

“快死了。”

宝坠和三头牛走向离村两里的草场。这里的雾气更大一些，草湿漉漉的，宝坠很快听到了牛垂头啃草的声音，那声音“嗤——嗤——”的，可见草的柔韧性和纯度之好。他站在草丛中，伸出手抓了一把雾气，觉得抓空了，就再抓一次，仍是空的，手上什么也没存下。他不明白能看得见的近在咫尺的东西为什么会抓不住。

宝坠的继父本以为自己夜里就会撒手人寰，而到了凌晨竟然能悠徐自如地喘气了。为了证实自己还活着，他咳嗽了一声，这时他身边的女人便翻了一下身，有气无力地问一声："你行吗?"

他"嗯"了一声，便试探着下地走几步路，出乎意料地能走到东窗前。天色灰蒙蒙的，外面白雾汹涌，弥漫着犹如传说中的天堂气息，这使他心中的隐痛再次发作，泪水无声地漫下。女人见他没事了，就穿衣起来点火做饭。她一边拨弄柴火一边说："昨晚答应了宝坠，今天要给他烙葱花油饼，他还要卷土豆丝呢。你说他傻，可他吃的心眼儿一点也不缺，唉。"

雪儿不久也起来了，她出了自己的小屋就冲灶房的母亲喊："下大雾了，外面什么也看不清，全都糊涂着。"

"雾月到了。"女人淡淡地说，接着无限忧伤地叹息了一声。

"这雾是什么变成的呢?"雪儿惆怅地自问着。

女人说："一会儿你给哥哥送饭时，告诉他今天别带花儿出去，雾这么大，滑倒了花儿，那肚子里的牛犊可就遭殃了。"

雪儿看了一眼母亲正和着的面团，惊叫一声："真给宝坠烙葱花油饼呀!"

"雪儿——"宝坠的继父从东窗转过身来说，"以后不能老是宝坠宝坠地叫，要喊哥哥——”

“傻子也算是哥哥吗？”雪儿满不在乎地说，“他天天和牛在一块，别人都说咱家养着四头牛。”

“三头。”女人强调，“那一头还没生下来呢。”

“宝坠也算头牛！”雪儿说完，跑到院子里给鸡雏喂食。

雾气到了上午十点左右才渐渐稀薄了。太阳依旧朦胧如窗纸后的油灯。宝坠的继父喝了一些汤水，就走向院子另一侧的牛屋。女人小心翼翼地跟在他身后。他推开牛屋的门，看着他亲手盘起的火炕、垒起的火墙，看着墙上挂着一些熟悉的物件：狍皮、马鬃、成捆的棕绳、捕鼠夹子、挂网等等，想起他初见宝坠时他是一个多么聪明伶俐的孩子，他的泪水又滚了下来。

“花儿怎么不在——”女人忽然在背后慌慌张张地说，“这个傻子，告诉他下雾天别带花儿出去，它快要生了，要是摔倒了揣不住牛犊可怎么好！”

女人返身快步地回屋去找雪儿：“你怎么没把妈的话传给宝坠？花儿不在牛屋里！”

“我说了——”雪儿大声争辩，“说了两遍呢！”

“他今天能带它们去哪片草场？”

“我怎么知道，”雪儿说，“他晚上回来就知道了。”

“他晚上能回来，可花儿不知能不能回来。”女人不由咒骂起已来的雾月，直骂得嘴角发麻，气喘吁吁，然后才定下心来想着去寻宝坠。她刚刚换上胶鞋，突然想起丈夫卧炕半月已病入膏肓却突然奇迹般地能行走，内心甚感不祥，唯恐她出去的这一刻会有意外。虽然对于未来来说，牛比丈夫更重要，但她还是选择了丈夫。

宝坠的继父把目光转向那道白桦木的牛栏。他的眼前闪现出八年前的宝坠。他第一次见到这孩子时就喜欢上了他。他生得虎头虎脑，很爱笑，生父因为打草遭毒蛇咬而丧了命。那时宝坠的妈妈不像现在这么邋遢，炕上的被褥拆洗得有皂香味，锅碗瓢盆决不存一丝污垢。他虽然比她小两岁，还是心满意足地与她结婚了。那时他们只有一间屋子，宝坠睡在炕梢。由于新婚，他几乎每夜都要和女人在一起，如果月光好，他就能看清宝坠熟睡时的脸。宝坠每翻一下身或发出一声梦呓，他都要为之一抖，觉得已故的男主人的阴魂还在角落监视他。他曾发誓说要尽快造一座房子，让已经七岁的宝坠独自去睡。然而未等他的房子造起来，雾月来临了。

他们居住的村子三面环山，一面临水。每逢六月，雾就不绝如缕地飘来了。从早到晚，只有正午时分雾气才会消散一刻。由于日照不充分，所以这个月庄稼长得很慢。人都说雾能连上三四天都难得一见，可他们这里的雾却能持续一个月。一些气象学专家曾来此地作过考察，也终未能作出一个合理的解释。倒是老百姓的民间传说占了上风。说是三百年前有位仙人云游四方经过此地，但见田里庄稼长势喜人，牛羊成群，家家户户仓廪殷实，一派欣欣向荣的气象；只是很多人家的男人都在骂老婆，骂的又都是一个词“丑婆娘”。仙人大惑不解，问了几家挨骂而啼哭的女人，她们都说一到六月，阳光灿烂而农事稍闲的时候，男人们就嫌她们丑陋而牢骚不止。仙人一笑，遂将此地的六月点化成雾月，斩首了泼辣的阳光。袅袅雾气中的女人恍若仙女，男人都少了脾气，有一种羽化登仙的感觉，消逝的柔情又湿漉漉地复活。

宝坠的继父在那个雾月格外渴望自己的女人。有一天晚上，他们被大雾包裹着尽情地欢娱，宝坠不知什么时候醒了，坐起来看着他们跃动的影子，后来发出嘻嘻的笑声。宝坠的笑声彻底摧毁了他的激情，他胆怯地从女人身上哆哆嗦嗦地下来，觉得受到了莫大的羞辱。

第二天早晨，宝坠到牛屋去，他便也跟去了。牛屋里飘着雾气，他小心翼翼地问宝坠：

“昨晚你看见什么了？”

“我看见叔和妈叠在一起。”宝坠认真地说。

宝坠跳上牛槽，解拴在牛栏上的牛绳，这时忽然问：“叔，你们弄出的动静怎么跟牛倒嚼的声音一样？”

他就是在这一刻蹿上牛槽一拳将宝坠打倒在牛栏上的。宝坠的脑袋重重地磕在牛栏上，“呃”了一声，然后像股水一样泻倒在牛槽里了。他当时以为不过是把宝坠打昏了，于是就抱着他回屋，对正在灶房忙碌的女人说："宝坠把头磕到牛栏上了。"

"他是个灵巧孩子，怎么会磕到那儿？"女人叫着去试宝坠的鼻息，她感觉到了他的呼吸，就放宽心说："磕昏了，睡一觉就会好的。"

宝坠在雾中一直昏睡了一天。他起来后是又一个雾天的早晨了。他看着一切都觉得陌生，目光呆滞，母亲喊他宝坠时他也不知道答应。

"你觉得头疼吗？"继父问他。

宝坠看着外面的雾说："不疼。"

当天夜里宝坠就闹着要去牛屋住，他说不能和人住在一起。继父以为他不过是糊涂一两天而已，并未太放在心头，于是就去牛屋给他临时搭了一张铺。宝坠从此开始了与牛生活的日子。他坚持不回人住的屋子。后来他们发现宝坠不断地说一些似是而非的话，而且贪吃贪睡，逢到有雾的日子就泪水涟涟，他们便知宝坠丧失了一部分意识，沦为一个弱智儿童了。女人为此哭得抽过好几回。那时她已怀孕，动了胎气，所以雪儿是个早产儿。继父更是悔恨难当，他怎么也想不明白那一拳会葬送继子的前程。那道白桦木的牛栏在他看来跟屠刀一样可恶。他不敢把真实的一幕道给老婆，只是默默地给牛屋装修起来，为宝坠盘了一铺火炕。他每天给宝坠送饭，跟他说话，希望能打开他记忆的闸门。三九天北风呼啸的时候，他几乎每天半夜都要起炕到牛屋给宝坠的炕添些柴火，顺便也喂喂牛。宝坠无法像其他孩子一样上学，只能天天放牛。宝坠也喜欢牛，三头牛的名字都是宝坠给取的。每年的除夕，他一大早就来到牛屋为宝坠换上新衣，将窗户贴上“福”字，还送给宝坠一盏他亲手糊的灯笼，宝坠喜欢金黄色的南瓜灯，他就年年送他一盏。夜半吃饺子放鞭炮的时候，他还把宝坠带到院子，让他看火花和听响儿。宝坠乐得忘乎所以，能吃下两大盘饺子。

雪儿的降生并没有给身为父亲的他带来任何快乐。因为他觉得雪儿的诞生与宝坠的病有着某种微妙的联系。雪儿两岁的时候，他便丧失了与女人亲热的能力。他不敢再想那件他曾乐此不疲的事。负疚感使他沉默寡言，健康备受滋扰侵蚀。宝坠的母亲因为丈夫的病而讨了无数个偏方，最终他还是萎靡不振。她的脾气便一天天坏起来，整日面目浮肿，不事修饰。当丈夫瘦得已经全然脱相的时候，她便张罗着借钱去大城市给他看病。可丈夫坚决不同意。说以后的钱都要攒着，留给宝坠治脑袋。女人便落着泪说丈夫善心肠，对原方的孩子这么好，是宝坠前世修来的福分。

雾气使白桦木的牛栏显得更粗了一些。他盯着那道罪恶的牛栏，恨不能将它当成脆骨嚼碎，咽进肚子，把它带到地狱去。四年前他便倾其所有翻盖了房屋，使一间屋变为了两间，雪儿有了自己的一铺小炕。他知道自己将不久于人世，他希望宝坠能回到人住的屋子，这样也许会使他的病慢慢好转。可宝坠昨晚的话却使他最后的一口气没能畅快地吐出来，他说继父死后还会来个活叔，人住的屋子依然没有宝坠的位置。这朴素的道理他怎么就没想到？可他再也没有力气翻盖房子了。

“宝坠——”他对着那道惨白的牛栏低低叫了一声。

牛栏在整个牛屋里处于极其显赫的位置，正当牛槽上，而且是牛屋的中心。它的白色树皮已经被拴牛的绳子给磨出亮光，但大大小小的黑色树斑依然清晰如目。除了牛栏别具一格地横空出世外，其他物件都是竖的。竖的柱子、竖的墙、竖的门，这使得被支撑在半空的白色牛栏格外抢眼。宝坠的继父只在传说中听过狰狞的鬼的长而尖的利牙，在他看来，这道牛栏就是谁栽在他家的一颗牙。

“我要拔下这颗牙。”他暗暗对自己说。

他环顾牛屋，在西北角的工具箱里翻出一把劈松明用的小斧子，然后返身走到牛槽前，试探着往上攀，可他觉得身上的力气已经逃命在先了，他拼足劲也站不到牛槽上，只能眼巴巴地举着斧子看着那道高高在上的牛栏。他这样僵持了大约不到两分钟，忽然觉得更浓的雾气涌来，白色的牛栏狡猾地隐身其中，仿佛一道云层后的闪电让人捉摸不定。他的眼前渐渐模糊，先是无边的白色，接着是强大的黑色，再接着是激烈的紫色，他摇摇晃晃地冲着牛栏唤了一声：“宝坠——”然后扑倒在地，他死时手里还握着斧子。那斧子因为久不使用，已经锈迹斑斑了。

宝坠赶着三头牛回村时已是晚炊时分了。扁脸和地儿走在头里，他和花儿落在后面。傍晚时的雾气更大一些，宝坠走得很慢很慢，他生怕花儿有个闪失。他想好了，要是叔还没死，他就再问他个事。

他未进家院就听见一阵锯声和刨木板的声音传来。他停下来拍了一下花儿，说："咦，听听，家里怎么有动静？"

花儿沉默了一刻，然后仰起头短促地叫了一声，它肯定小主人的话时总是这副举止。

宝坠只觉得院子里游动着许多人影。刨木板的声音嚓嚓的像收割麦子。他不小心撞上一个人，那人说："是宝坠回来了？"

宝坠"嗯"了一声，然后问："你们这是干啥？"

"打棺材。"那人平静地说，"你叔死了。"

"叔死了。"宝坠嘀咕一句，然后偏过脸对花儿说："我还想问他个事呢。"

宝坠忽然委屈起来，他呜呜地哭了。哭声在雾气中流窜，几乎所有的人都听到了这声音，人们不约而同地问："谁在哭？"

"是宝坠。"

"宝坠哭他叔。"

"宝坠舍不得他叔走。"

大家七嘴八舌地说着内容相同的话，然后品评宝坠的哭声：

“比亲生儿子哭得还真。”

“不和他叔有这么深的感情，哪能这么哭。”

宝坠的哭声使得屋里已经歇了的母亲的哭声再次号啕而起，雪儿明亮的哭声也加入进来。一些人屋里屋外地走来走去，一会儿劝老的，一会儿又劝少的。最后宝坠被一个人给领回牛屋，花儿一声不吭地跟在小主人身后，地儿和扁脸已经在里面等候多时了。那人将牛屋的灯拉亮，昏黄的灯光照着白色的牛栏、翘起的铡刀以及继父亲手为他盘的那铺火炕。宝坠哆嗦了一下，内心有一股异常凄凉的感觉。领他的人见他不哭了，就关上牛屋的门去打棺材了。

宝坠跳上牛槽，将三头牛拴在牛栏上。他每系一个梅花扣眼前都要闪现出一下叔的形象。因为他想问叔的那个问题是：他怎么会系梅花扣？这是他一个人白天在草场时所想的唯一事情。他再也无法从叔那里得到这问题的答案了。

宝坠跳下牛槽给它们填了些豆饼，然后坐在炕沿望着牛栏上的三朵梅花扣。花儿离开槽子远远地走到一堆干草前，这使它脖颈上的绳子绷紧了一刻。牛栏的一朵梅花扣也跟着颤动了一下。宝坠不由冲口而出：“谁也别想弄开我系的花！”

继父的红棺材被浓雾包裹着，那红色就显得有几分温柔了。停尸三天入殓后，继父就要被埋了。一大清早门外就来了一挂载灵柩的马车，宝坠被人给戴上孝帽子，腰间扎上长长的孝布，这使他很不高兴。雾气缭绕的院子里人影幢幢，灵幡像枝硕大的芦苇一样斜插在院门口。母亲来到牛屋叮嘱宝坠，一会儿送你叔时要大声地哭，到十字路口要朝着东西南北各磕一个头，口中还要吆喝："叔你好走——"

"你记住了？"母亲凄怨地问。她满嘴起了燎泡，大约是抹眼泪和鼻涕的缘故，她的袄袖像涂了层浆子一样，泛出干硬的白色。

宝坠没有搭腔。

母亲加重语气说："你叔对你那么好，你要好好送他，那样他在地下会保佑你好起来。"

宝坠很不理解，母亲的话仿佛说明他哪出了毛病似的。可他觉得自己一切正常。

母亲一出牛屋，宝坠就把孝帽子摘下扔到干草上，孝布也扯了下来，这样他觉得身上的血又流淌自如了。他熟练地跳上牛槽打开三朵梅花扣，然后带着地儿、扁脸和花儿走出牛屋。他们经过院子的时候有很多人都指着牛问宝坠：

"你不送你叔了？"

宝坠"嗯"了一声，说："我要放牛去。"

"你不送你叔，你妈不生气吗？"

"她生气就生气去吧。"宝坠说，"叔都死了，送他他也不知道。"

人们看着宝坠赶着牛走上湿漉漉的村路，谁也没有上前阻拦他，也没有人去通报他屋里的母亲。大家都在想：宝坠已经很不幸了，还难为他送葬做什么呢？

雾气使白天跟黄昏一般朦胧，而黄昏又比以往的黄昏更加灰暗。宝坠赶着牛回家时隐约能看见路上飘散的圆圆的纸钱，牛蹄把它们踏碎了很多。

他一进院子母亲就迎了过来，她一言不发地抚摸了一下花儿的头，然后长吁一口气。

“叔走了？”宝坠问。

“走了，”母亲平静地说，“你今天还回牛屋住？”

“嗯。”宝坠说，“我喜欢和牛在一起。”

“你叔不是说了么？”母亲慢条斯理地说，“他走后让你回屋来住。”

“不。”宝坠坚决地说，“花儿要生了。”

“那等花儿生了后你回屋？”

“花儿一生，牛就更多了，牛离不开我。”宝坠赶着牛回到牛屋。他跳上牛槽，将三朵梅花扣结结实实地盘在牛栏上，然后给牛饮水。

牛屋里灯影黯然。空气很静，这使得牛饮水的声音格外清脆。这时牛屋的门开了，雪儿穿件蓝褂子进来了，她捧着一个碗，辫梢上系着白头绳。她默默地把碗摆在饭桌上，然后转身定定地看着宝坠。

“你今天送叔去了？”宝坠问她。

雪儿“嗯”了一声。

“去的人多吗？”宝坠又问。

雪儿依旧“嗯”了一声。

牛嗞咕嗞咕地饮水不止。

“哥——哥——”雪儿忽然带着哭音对宝坠说，“以前我叫你宝坠你生气吗？”

宝坠摇摇头，说：“我就叫宝坠呀，你喊我哥哥是什么意思？”

“哥哥就是亲人的意思，就是你比我大的意思。”雪儿说。

“扁脸还比你大呢，你也喊它哥哥吗？”宝坠问。

“跟牛不能这么论。”雪儿耐心地解释，“人才分兄弟姐妹。”

“噢。”宝坠惆怅地说，“我是哥哥。”

三头牛饮足水匍匐在干草上。

“怎么以前我不是哥哥呢？”宝坠糊涂地问。

雪儿委屈地说：“那时我恨你，才不会叫你哥哥呢，爸活着时从来没有抱过我一回，他就在乎你，天天惦记你的牛屋。他快死的时候上不来气，我就给他喂水，可他老喊你的名字。我还是他亲生的呢！”

“你就恨我了？”宝坠问。

雪儿点点头，说："爸一死就不恨你了。"

"不恨了？"

"没人像爸那么疼你了。"雪儿说，"还恨你干什么！"

"那你恨我叔？"宝坠又问。

雪儿噙着泪花摇摇头，说："我可怜他。他天天半夜都要挨妈的骂，妈一骂他，他就哭，边哭还边'宝坠宝坠'地叫。"

"你怎么知道呢？"宝坠问。

"我听到的啊。"雪儿说，"妈骂他的声音很大，传到我的屋子里了。后来一到半夜我就醒，醒来就能听见妈在骂他。到了雾月妈骂他就更凶。"

"妈骂他什么呢？"

"窝囊废。"雪儿答，"就这一句话。"

宝坠满面迷惑。

"'窝囊废'就是不中用的意思。"雪儿解释。

"妈半夜要用叔干什么？"宝坠问。

"我也不知道。"雪儿说。

"叔挨骂后喊我的名字做啥？"宝坠又问。

"我也不明白。"雪儿说，"是不是你让他变成窝囊废了？"

宝坠正颜厉色地说："我能放牛，我都不是窝囊废，我怎么能让叔变成窝囊废呢？妈净胡说，叔什么活都会干，还知道牛长着四个胃，他多了不起。不过他不会系梅花扣。"宝坠说："你说叔和妈都不会系梅花扣，我是跟谁学的呢？"

“你自己的亲爸呗。”雪儿说。

“他在哪？”宝坠兴奋地问。

“地下。”雪儿一努嘴说，“听人说，早死了。”

宝坠颇为失落地“呃”了一声。

“今天才把爸埋了，李二拐就领着红木来咱家了。”雪儿说。

“妈给他们饭吃了？”宝坠问。

“给了。”雪儿说，“还把你小时候穿过的衣裳给了红木。”

“你不乐意他们来？”宝坠问。

雪儿凄怨地说：“爸才死，妈就给他们饭吃，我都不想跟她说话了。”

“那就不跟她说话。”

“可屋子里就我和妈两个人。”雪儿忧心忡忡地说，“要是不说话，我怕她生气，以后她半夜没人骂了，会不会骂我呢？”

“她凭什么骂你？”宝坠颇为认真地说，“你又没让肚子里的蛔虫跑到她肚子里。”

雪儿听后忍不住笑了一声，然后她泪光点点地望着宝坠。

宝坠说：“你不用怕，她半夜要是骂你，你就来牛屋找哥——哥——”

宝坠在说到“哥哥”一词时结结巴巴的。

雪儿“嗯”了声，指着饭说：“快吃吧，一会儿热气都跑没了。是剩下的丧饭。”

宝坠将目光转移到丧饭上。

花儿生产了，是头黑白相间的花牛，宝坠给它取名为卷耳，因为它生下来时有一只耳朵像花苞那样蜷曲着。卷耳给一家人带来了雾月当中从未有过的融洽和快乐。雪儿天天来逗弄卷耳，不是用粉色的头绫子缠它的腿，就是用笤帚篾扎它的黑鼻头。母亲也夜夜来给卷耳喂豆浆。花儿对卷耳慈爱备至，总用舌头舔它的脸，地儿也对它无限怜爱。只有脏尾巴的扁脸常常出其不意地冲着卷耳锐利地叫几声，企图吓唬它。而卷耳对此毫不在意，扁脸的恶作剧也就只好偃旗息鼓了。一周后，卷耳就溜光水滑地四处闲逛了。它很调皮，不是用嘴去拱地里的青苗，就是用蹄子把柴垛蹬散。它唯一安静下来的时候便是望雾。白茫茫的雾气使它刚熟识的人和场景变得恍惚的时候，它就现出若有所思的神情。

宝坠再去草甸子放牛时队伍就扩大了。他想他的队伍会不断壮大下去，最终他会被牛群所包围。他会了解每一头牛的脾性，懂得它们每做出的一个举止所蕴含的内容。牛屋的白桦木牛栏的梅花扣会越聚越多，一朵朵相挨着开放。那时他赶着一群牛走在村路上会有多么风光啊。

雾月将尽的一个黄昏，宝坠赶着牛刚回到牛屋，雪儿就兴高采烈地跑了进来。她气喘吁吁地说："哥哥，妈今天把李二拐骂出门去了，他以后再也不会来了。"

宝坠木讷地说：“他不来就不来。”

“你知道妈为什么骂他吗？”雪儿压低声说，“李二拐说跟妈过日子后，要把你送到金矿点去给人看点儿，说你傻，不懂得偷金子，人家愿意雇你。说你去金矿点还能帮家挣钱，省下家里的饭，他都帮你把活答应下了。”

宝坠吃惊地看着雪儿。

“妈听完后就骂李二拐——”雪儿挺了挺胸脯，憋粗了嗓子绘声绘色学说道，“你给我滚蛋，别想这么作践我们宝坠！他叔活着时对宝坠比亲生的还好，谁要拿我的宝坠不当人看，这辈子就别想再踏我的门槛！”

“李二拐就给骂走了？”宝坠问。

“嗯。”雪儿说。

“好。”宝坠赞叹道。

雪儿接着有些羞怯地说：“哥哥，你以后不用惦记我半夜可能会挨妈的骂了，她现在天天搂着我睡觉，还帮我捉头发里的虱子。”

宝坠放心地笑了，他跳上牛槽，到牛栏那去拴牛。他异常熟练地系着梅花扣，这时雪儿对他说：

“哥哥，我昨天梦见爸和你了。”

宝坠跳下牛槽探询地看着雪儿。

“我梦见爸领着你过年。”雪儿颤着声说，“天很黑，还下着雪，爸领着你在院子里放炮仗。炮仗声很响，爸怕吓着你，还帮你捂耳朵。”

宝坠非常想哭，因为梦和雾气一样都不能使他抓到手。他不知道梦会是什么滋味。

“我还梦见爸来到牛屋看卷耳，他伸手摸卷耳的鼻子，卷耳不认识他，就伸出蹄子踢他。”

“卷耳怎么能那样。”宝坠伤感地说，“那不是叔么。”

那一夜宝坠听着牛反刍的声音，再一次竭尽全力回忆这声音里曾包裹着什么重大事情，他想得脑袋发麻，可回忆的周围仍然是森严的高墙，难以逾越。他又打开灯去看那道白桦木的牛栏，漆黑的树斑睁着永不疲倦的眼睛望着悬在它身上的梅花扣，他的回忆缥缈如屋外的白雾，暗无天日。宝坠发了一会儿呆，然后望着睡态可爱的卷耳。他对自己说：“和牛过得好好的，想那些不让我想起的事情干什么。”

宝坠关了灯，睡了。他的睡眠没有梦，因而那睡眠就干干净净的，晶莹剔透。早晨，他忽然被“吱扭”的声音和一道亮光扰醒，他从炕上坐起来，只见卷耳把牛屋的门撞开了。花儿、地儿和扁脸都充满深情地望着屋外久违的阳光。

雾月过去了。

宝坠下了炕，他走到牛屋门口。卷耳歪着头，无限惊奇地看着屋外飞旋的阳光。宝坠拍了一下它的屁股，说：“出太阳了，到外面玩去吧。”

卷耳试探着动了动蹄子，又蓦然缩回了头。宝坠这才想起卷耳生于雾月，从未见过太阳，阳光咄咄逼人的亮色吓着它了。宝坠便快步跨过门槛，在院子里踏踏实实地走给卷耳看，并且向它招手。卷耳温情地回应一声，然后怯生生地跟到院子。

卷耳缩着身子，每走一下就要垂一下头，仿佛在看它的蹄子是否把阳光给踩黯淡了。

1996 年

微风入林

罗里奇卫生院的灯，大都是那种从篷顶顺下来的一截电线吊着的白炽灯。那灯在夜里一亮，看上去就像一只只熟透了的鸭梨。不过这鸭梨水灵的时候少，因为它很少被擦拭，蝇屎和灰尘附在玻璃泡上，有意无意中，就把它生就的亮度给削弱了，少了几分明媚。而值班室的灯却不一样了，它是一顶桦皮灯，六角形。桦树皮毛茸茸、白莹莹的那面做了灯罩的里子，灯一亮，犹如照耀着一片起伏着的雪场，投下的光给人一种清凉之感。而灯罩的外面，也就是光滑的那面，描画着五彩斑斓的飞鸟和云纹的图案。这灯轻巧美观，人见人爱。不知道的，以为它出自罗里奇那些擅长桦皮工艺的鄂伦春族妇女之手，其实呢，它是卫生院的护士方雪贞巧手而成的。

卫生院的医生和护士加起来才七个人，方雪贞每周要轮上两个夜班。她喜欢值夜班，不单能尽情饱览她喜爱的桦皮灯，还能随心所欲地欣赏窗外的夜色。

罗里奇大约有一千五百人，汉族人和鄂伦春人各占一半。别看这地方不大，但是麻雀虽小，五脏俱全。衣裳铺、食品店、杂货铺子、粮油店、饭馆酒肆、理发铺子、寿衣店应有尽有。要说生意最好的，自然是饭馆了。本地的酒客虽也有一些，但终抵不过那些过路的食客多。罗里奇在塔呼公路的中间地带，一侧连着的县城叫塔里，另一侧连着的县城叫呼源。有了这两座县城，罗里奇就像一根长丝带的两端吊坠着一颗珍珠，少不了沾了过往车辆的光。车主总要在中途歇歇脚，吃餐饭，风景优美的罗里奇自然成了首选之地。

罗里奇乡卫生院在东山坡下，是一幢东西向的红砖房，开南门。卫生院规模不大，只设内科、外科、儿科和妇科，住院处也不过设置了十张病床。就是这样，这病床也从来没有满员过，最多时不过住了六个人，那还是前年有六个人在一家酒馆吃了不新鲜的海虾集体中毒了，被一齐拉到卫生院急救，他们才迫不得已住了两天。通常情况下，这病床都闲着。有了重病的人，大都转院到塔里或呼源了，本地的患者，有个头疼脑热的，大都来抓些药、打打针也就回家了。尤其是那些鄂伦春人，他们生了病后，还有一部分人沿袭着老习惯，请萨满来“跳神”除病。所以卫生院的医生和护士是比较自在的。

这是冬天的时令，未到三九，可天却较往年同期要冷许多。山岭间已是白雪皑皑。方雪贞穿着一件雪青色软缎棉袄，戴一条白色兔绒围巾，到卫生院值班去。她喜欢走雪路，爱听它发出的“吱咯吱咯”的声音，感觉雪路是在和她说着悄悄话。冬夜的晴朗与其他季节的晴朗自有不同，它不似春夜的晴朗那么温柔，不似夏夜的晴朗那么恬淡，也不似秋夜的晴朗那么深沉。冬夜的晴朗千变万化，月圆时，那晴朗是透彻的，山影、人影和房屋的影子看上去清晰得如同在白昼中；月半圆时，那晴朗带着几分抑郁之气，所有的景物都仿佛罩着一层冷雾，亦真亦幻；而月残时的晴朗，由于有满天的繁星帮衬着，倒显得异常的祥和、柔美，星光不绝如缕地倾泻而下，仿佛凭空给雪地点缀了一层皂花，让人有如沐花香之感。

方雪贞走进卫生院时，张医生已经先她而到了。张医生年近六十，瘦得两颊沟壑纵横，终日呵欠连天的。有一次他挂着听诊器给一个患者听肺子，竟然打起了瞌睡，所以得一绰号：张迷糊。方雪贞值班，总是与他一组。按理说方雪贞也是一个容貌秀丽的人，虽然年近四十，但她身材俊美，肤色白皙，再加上一双笑盈盈的杏核眼和月牙形的唇角上翘的嘴巴，看上去妩媚动人，可张医生并不多看她，也不爱和她聊天。值班时，张医生会对方雪贞说：“我先迷糊一会儿，有事情叫我。”就进了住院处的病房空床，蒙头大睡起来。他所说的“一会儿”，其实就是一夜。即使来了急诊，只要是方雪贞能处置的，就不叫醒他。原来方雪贞不明白自己为何总是与张医生一组，后来无意中问到王院长，他笑着对她说：“你家陈奎嘱咐过我，说你只有跟张医生在一起值夜班他才放心。”方雪贞红了脸，嗔怪道：“他倒有心计，也没和我说过。”王院长调侃道：“我们这些年轻力壮的人，倒是没有福分和你一起值夜班，看来人还是糟粕一点好，没人惦记！”所以方雪贞单独和张医生在一起时，常想起“糟粕”二字，有时竟把他当成一截枯树，想着没准哪一股风就会把他吹成一堆灰。

张医生寡着脸看了一眼方雪贞，算是打过了招呼。

方雪贞边换白服边对他说：“张医生，你去休息吧，有事我会叫你。”

张医生说：“三号床的我查过房了，心跳、血压都正常了，病情基本稳定了。你再过一个小时给他注射一支镇静剂，他需要好好休息。”

没等方雪贞回答，张医生已经像一缕烟似的飘然出了值班室，睡觉去了。

卫生院一周前收治了一位突发脑栓塞的患者，来时他嘴斜眼歪，神志不清，经张医生抢救后，已经脱离了危险。陪护在卫生院的，是患者的老婆子。他们也有儿女，不过只是在下班时，观花灯似的集体来看一遭，夜晚皆由老婆子服侍。方雪贞推开病房的门，见老婆子拉着老头的手，无限怜爱地把头俯在他腋下，这令她格外感动。

查完房，方雪贞回到值班室，拈起一块微湿的纱布，踩着凳子，去擦拭悬垂着的桦皮灯。其实这灯并没什么灰尘，可是值夜班时，她总要拂拭一番，其实她心里也知道，自己不过是想仔细看看那些羽翼鲜明的鸟和云纹的图案。

方雪贞一共画了十二只鸟。桦皮灯六个角，刚好每一角栖一双。那鸟有的引颈高歌，一派昂扬之气；有的则羞怯地低着头，一副惹人心疼的娇俏模样。卫生院的医生看过这上面的鸟后，都叫不出名字，请教方雪贞，她说她也叫不出这鸟儿的名字，就叫它们“天鸟”好了。别人就打趣她：“敢情你还想当造物主，弄些谁也不认识的鸟唬我们啊！”

的确，方雪贞并没有参照着画眉、麻雀、燕子、黄鹂等鸟的形态来画鸟。她描画的，都是想象中的鸟。它们的羽翼色彩繁杂，有深红、古蓝、葱绿、银白、橙黄、深赭等等。而鸟的头，基本是单色调的，要么纯黑，要么纯黄，要么纯红。值班室有了这样一盏灯，即便是到了冬天，也给人一种春天般的莺歌燕舞的感觉。

欣赏完桦皮灯，方雪贞把凳子挪回原处，站到东窗去望风景。月亮已经出来了，看来它才升起不久，还有些懒懒的样子。月光下的山林和积雪看上去朦朦胧胧的。方雪贞想也许是室内的灯光使窗外的雪景显得黯淡了，就关了灯。待她站在黑暗中再望窗外，果然，那风景与先前大有不同了，月亮看上去清澈逼人，全没了慵倦之态，而山林雪地的轮廓也清晰可辨，且放着荧荧白光，仿佛被涂了一层蛋清。看来站在光明处赏夜景，不如在暗处来得美妙。

方雪贞和陈奎是中学同学。初中毕业后，他们一个考上了中等师范学校，一个进了卫校。毕业后，又很巧合地一同被分配到罗里奇，似乎老天都想让他们做夫妻。陈奎当老师，方雪贞做护士，他们还有一个十二岁的儿子。在罗里奇，这也是令人羡慕的一个三口之家。陈奎气质偏弱，家务活多半由方雪贞打理。刚结婚时，陈奎还富有朝气，十几年的日子过下来，他竟是满身暮气，牢骚满腹，教书也无精打采了。学生常常跟校长反映，说是陈奎讲课的声音弱得像蚊子哼，他们听不清。陈奎最近还喜欢邀上一两个同事，去酒馆买醉，令方雪贞很忧虑。

月光从窗棂泻进屋子，给白墙涂上一层乳黄的光影。方雪贞发了一阵呆，叹了口气，把灯打开，取出注射器和一支镇静剂，到病房给患者注射完毕，又回到值班室。最近，方雪贞也觉得百无聊赖的。她的记性越来越差，下面条时常因为愣神而忘了时间，面条被煮成糨糊，炒菜时常加两遍盐。有一回她竟然把牙膏挤在了鞋刷子上。一旁的儿子见了，笑着说她："妈，你想让鞋也清洁清洁嘴呀？"

想起儿子，方雪贞心里才舒畅了些。

午夜了，月亮已经荡到中天了。卫生院静悄悄的。方雪贞有些困了，她就面向值班室的门，靠着椅子打起盹来。

大约一刻钟后，当方雪贞已在梦乡中时，值班室的门突然"砰——"的一声巨响，方雪贞激灵了一下，睁开眼睛，见一个满脸是血的男人闯了进来。方雪贞吓得心慌气短，以为遇见鬼了，一时腿也软了，半晌不曾站起来。

“护士！”那个血人叫道，“快给我止血！”

方雪贞听出来了，这是孟和哲的声音。他说话从来都粗声大气的。他是鄂伦春人，家里养着马和猎狗，常骑马进山打猎去。他也爱喝酒，不过他不爱去酒馆，只喜欢在山林中喝。

“你这蠢娘们，怎么还不给我止血？！”孟和哲吼道。

方雪贞这才惊魂未定地站起来，给他处置伤口。原来他的右额角被撕开了一道足有两寸长的口子，血就是从那里流出来的。方雪贞说：“你这伤口必须要缝合，我给你先打一针麻药吧。”孟和哲叫道：“算了算了，什么麻药不麻药的，啰嗦！你赶紧缝上就是了！”

方雪贞就依了他，在伤口上轻盈地挑针走线，孟和哲竟然都没呻吟一声，这真让她震惊，想着他的痛感神经兴许已麻木了。缝合完毕，敷上药，方雪贞又用绷带将伤口包扎好，然后用了整整一托盘的酒精棉球，才把弥漫在他脸上的血迹清理干净。孟和哲的脸是扁圆形的，鼻子很大，就像一只青蛙无所顾忌地趴在那里。他的嘴也阔大，唇角微微凹陷，而眼睛同绝大多数鄂伦春人一样，是那种厚眼皮覆盖着的细眯的小眼睛。

“完了？”孟和哲问。

“完了。”方雪贞说。

“我的马还在门外，我走了！改天我送两条狍子大腿给你吃！”孟和哲走了，他出门时连帽子也没戴，方雪贞追出去，本想嘱咐他一番，谁知他已骑在马上，离卫生院很远了。人和马的影子合在一起，看上去就像一支矛插在盾牌上。马是盾牌，而矛无疑就是孟和哲。

方雪贞当时正值经期的第二天，本该是血流最汹涌的日子，可那个晚上，血却踪影皆无，她想它是被吓回去了，所以并不很在意，想着它下个月照来就是了。孟和哲果然给她送了两条狍子腿，他骑在马上，连门也没进，把东西递给方雪贞就走了。后来她听陈奎说，孟和哲是那天深夜独自从山上骑马下来，被一个从树梢坠下的鸟巢给砸了额头的。有人说孟和哲在山中不知得罪了哪方神仙，鸟巢才像颗炸弹一样落下来报复他。

三九过后，是春节了。方雪贞的月经仍然杳无痕迹。越来越疏于夫妻生活的陈奎竟然没发现这一点。方雪贞有些惴惴不安了，但她没有声张。及至春节过后，又苦盼了两个月，春天在望了，她才慌张起来，对陈奎说：“我都好几个月没来客了。”陈奎说：“怪不得你那么冷淡。”方雪贞就把自己那晚值班时如何坐在灯下打盹，如何被那张血葫芦似的脸吓着的事对丈夫说了。陈奎拉长了脸，说：“他妈的，那个鸟巢咋不把他一家伙给砸死呢！”陈奎要找孟和哲算账去，方雪贞拉住他，说：“这孟和哲你又不是不知道，谁能野蛮过他？别人定居了也就这样过了，他呢，照样骑马上山，住他的撮罗子。族里的人都惧他三分呢。”陈奎说：“他把你的客吓得走了半年都没回来，要是永远都不回来了，我不等于搂着个干柴棒过日子吗！”方雪贞听了“干柴棒”三字，觉得分外刺耳，她冷笑一声，说：“对，我若是干柴棒，你就是个蔫茄子。”这话算是点到了陈奎的痛处，他近几年精神萎靡，夫妻偶尔在一起时雄壮的时候少，对方雪贞往往敷衍了事。陈奎吼道：“好，你有本事找个铁茄子去！”他端起桌上的茶壶，摔在地上，扬长而去。方雪贞怔怔地看了半晌那些碎得奇形怪状的雪白的瓷片，觉得茶壶在这一瞬间是开了一朵灿烂的莲花给她看。方雪贞欣赏够了，这才找来撮子和笤帚，将它们打扫了。当她听着那清脆的“嚓啦嚓啦”的瓷片碰撞着的声音时，她联想到了卫生院值班室桦皮灯上的鸟儿，如果那鸟儿有一天会发音，她希望它们发出的是这样的声音。

方雪贞放心不下陈奎，她怕他一气之下去找孟和哲，两人若说戗了，反倒挨上一顿揍，岂不吃亏？再者说了，这事情若传了出去，她也觉得颜面无光，怪没趣的。

方雪贞快走到孟和哲家门口时，她才想起孟和哲很少待在家中，陈奎寻他的几率并不大，因而心安许多。

罗里奇的房屋，主要分为两片。东片是清一色的红砖房，是汉族人住的；而西片鄂伦春人住的房子却是木刻楞的。这房屋是由整根整根粗壮的落叶松木垒起来的，外面糊着厚厚的黄泥，保暖性强，美观实用。方雪贞走到孟和哲家门口后，并没有急于敲门，她凝神谛听了一刻，只闻妇人与孩子的声音，便料定陈奎不在里面。鄂伦春人在族内还保持着说鄂语的习惯，所以传来的声音她一句也听不懂，就像听用意大利语唱的咏叹调一样。她很奇怪这种语言没有文字，靠着一代代人的口口相传，竟然能如此强旺地延续和保存下来。

方雪贞认得孟和哲的女人，她叫乌娜姬，夏天时总是穿一件蓝色乌布（鄂伦春语“旗袍”之意），冬天时爱穿狍皮衣。无论冬夏，她的脚上蹬着的都是鹿皮靴，只不过夏季的是单皮的，冬季的是双层皮里夹了兔毛的。夏季她爱佩戴着用驼鹿筋穿起的一串鱼骨项链，还喜欢在乌布上系一条绿色的绸腰带。乌娜姬的汉语说得笨笨磕磕的，有时她去铺子里买东西，不得不跟人打手势。她和孟和哲一共生养了三个孩子。他们全是男孩。两个大的已经上学了。陈奎回家跟方雪贞说过，学校的玻璃要是被砸碎了，篮球筐被人从球架上摘了下来，讲台的粉笔盒里被放置了一只青蛙，这些事十有八九是孟和哲那两个淘气的儿子所为。罗里奇的人都知道，孟和哲虽然古怪，但他对乌娜姬很忠诚，也爱她，虽然他隔三岔五宿在山林中，但从来没有冷落过妻子。乌娜姬呢，她也比其他鄂伦春女人要秀丽，她的个子比别的鄂族女人高许多，肩又瘦削，虽然生过三个孩子，腰肢依然很纤细，不似其他女人腰圆臀肥的。她的眼睛虽然也细眯着，但非常明亮，有神韵。她平素不大与人往来，到了夏秋时节，她常独自背着桦皮篓进山，采摘野果、蘑菇、木耳等等。她几乎是不来卫生院的，身体看上去很健硕。只是有一次她有些羞怯地来了，却不是为她自己，她吞吞吐吐地跟张医生说，孟和哲的腿被蛇咬了，鼓起很大一个包来，问他，是用刀割了还是让它自消自灭去？张医生说那得让孟和哲来了看看再说。乌娜姬为难地说，孟和哲不怕长包，他只怕流血。牲畜流血他是不怕的，人一流血，他就慌张了。他的腿上没见血，断不肯来卫生院的。乌娜姬离开卫生院的时候问张医生，要是给孟和哲割下那个包块，是用剔骨肉用的尖刀好呢，还是用剥兽皮用的鱼骨刀？听得大家都笑了。

最后孟和哲腿上的包块如何被处置掉，医生们并不知道，只知道孟和哲依然活跃地游荡在山林之中。

现在想来，乌娜姬说得没错，孟和哲是怕人出血的。假若那天他不是额角出血，从不进卫生院的他，是绝不肯来的。没想到方雪贞在为孟和哲止住血的同时，也静悄悄地止住了自己的血。

方雪贞怅然回到家中，陈奎还没回来。是上班的时间了，方雪贞连午饭也顾不上吃了，锁了家门去了卫生院。

方雪贞一到卫生院，就觉得张医生看她的眼神有些异样，再看护士王玲，她也像打量怪物一样看着方雪贞。方雪贞进了处置室才换上白服，王院长就来叫她了。方雪贞忐忑不安地跟着王院长来到他的办公室。她想自己这一段工作没有疏漏，院长叫她为什么呢？

王院长让方雪贞坐在他办公桌对面的一把红色折叠椅上，他自己又特意给她沏了一杯茶送上去，这种客气使她心里更加发毛，王院长平素是爱跟她开玩笑的。

王院长先是意味深长地打量了一眼方雪贞，然后才缓缓地对她说："你的事陈奎都告诉我了，我已经把张医生批评了一顿。他是个男的，哪有值班时睡觉的道理！"

方雪贞全然明白了，她又急又羞地说："跟张医生没关系，是我让他去休息的。再说，那种外伤也该我来处置的。"

王院长犹豫了一番，说："陈奎的意思是——"

方雪贞打断王院长的话，说："他不该来找你，这是我的私事。"

"可你是在值班时发生的这样的事，卫生院也有责任。"王院长说："不过陈奎的要求也有一定的难度，我尽力争取一下吧，先给乡里打一个报告。"

方雪贞问："他有什么要求呀？"

王院长说："他让我给你报工伤。他要求赔偿。你知道，报工伤是有难度的，你这种事我估计是没有先例的，如何鉴定和裁定呢？如果别人说你早就绝经了，拿这事来讹人，你也说不清楚啊。何况现在的女人身体机能退化得快，像你这种年龄就绝经的女人也不是没有，我怎么打这个报告呢？"

方雪贞站了起来，她气得呼吸急促，脸颊发热，她颤抖着声音对王院长说："我确实是因为那天值夜班，让孟和哲给吓得回了月经，我不会拿这种事去讹人！工伤的事，院里就不用考虑了！”

王院长的面目马上就和悦了，他吁了一口气，说：“我从院里考虑为你补偿一下吧，多发些年终奖金。你要是去找孟和哲，你也知道，他没什么责任的。再说，你也不过是才半年没来么？吃点中药调理一下，兴许就会好了。”

方雪贞有一种当众被人剥了衣服的羞辱感，她出了院长办公室，一回到处置室就哭了。王玲过来劝她说：“方姐，别难过了，咱们女人就是命苦！”

那一整个下午方雪贞都闷闷的。同事劝她回家休息，可她很执拗，坚持上完了班。

方雪贞和儿子陈扬吃过晚饭，想着陈奎回来两个人必然要有一场嘴仗，就把陈扬送到邻居家，让他在那里玩耍，等她接他再回来。陈扬乐得和小伙伴藏猫猫、叠纸船，所以满心欢喜地答应。

陈奎接近十点了才回家。他喝得酩酊大醉。方雪贞看着瘦弱、邋遢、摇摇晃晃的丈夫，心里既委屈又悲凉。

“你为什么要去卫生院宣扬这件事？”方雪贞待陈奎坐了下来，劈头问他。

“怎么了？我难道做错了么？我老婆值夜班出了事，这等于把青春给丢了，我能不找他们赔偿么?!”陈奎理直气壮地说。

“就是真丢失了青春的话，那也是我的，你说了不算！我愿意有青春就有，不愿意让它存在就让它滚！青春有什么可惜的！”方雪贞越说越激动，“况且，你也不配拥有青春旺盛的妻子，我枯萎了，还是你的福分呢！”

陈奎气得嘴都歪了，他声嘶力竭地吼道：“你这个婊子！”

方雪贞从容不迫地说：“我要是婊子的话，你就是嫖客。这么多年我只接了你这一个客，你总该给婊子付些钱吧？”

陈奎啐了一口痰说：“你知道我没钱，就故意刺激我！你嫌我没钱没势，是不是？你后悔了，是不是？我一个乡的小学老师，合该娶一个又老又丑的婆子，不该娶你这种有姿色的人，我真他妈的不知天高地厚啊！你本来能卖上个好价钱的，可在我这里白白压了箱底了！”陈奎的讥讽令方雪贞忍无可忍，她扬手给了他一巴掌。这巴掌将陈奎打得醒了酒。陈奎不再胡说八道了，他镇静了一刻，突然像个婴儿似的哇哇哭了起来。他们结婚后是第一次如此激烈地争吵，方雪贞也是第一次听见丈夫的哭声。她想要安慰他一番，就走到陈奎面前，轻轻地抚摩他的头发，可陈奎一把将她推开了。方雪贞后退了一步，呆呆地看着丈夫，她觉得陈奎就像条拥有一支桨的破船，如今他把桨也打落了，看来他注定要孤独地在凄风苦雨中漂泊了。而她呢，就是那支连朽破的船都不愿意用的桨，沉在深渊中。

春天花着脸来了。漫长的冬天里一直占着统治地位的黑白二色，统统让春天给颠覆了。树绿了，林间的各色植物也出来了。鸟儿欢快地叫在枝头，哪里还寻得那白茫茫的雪地？林地上倒偶尔也能见到白色，不过那是白桦树的白，它的枝头仍然罩着纷纷披披的绿叶子。那些冬日呈现着黑色的落叶松，更是通身翠绿，还散发着一股浓郁的香脂气味，早开的粉红杜鹃与蓝色风铃花点缀其间，真是要红有红，要绿有绿，要紫有紫，要白有白，要蓝有蓝，春天可不就是一张大花脸么！

方雪贞郁郁寡欢着。她没想到自己的事情传播得那样快，罗里奇的很多人都知道了。一想到背后有许多条舌头在嚼自己的事，她就愈发地在心里怨恨陈奎。自从吵架后，陈奎对她更是不闻不碰，两个人虽然还在一张桌旁吃饭，在一个床上睡觉，但相互不理不睬。陈扬看出了父母的不和，也失去了往日的活泼。除了上学之外，他回到家吃过饭、做完作业就去邻居家寻小伙伴，及至夜深方归。

方雪贞也不爱去铺子里买东西了。守铺子的大多是女人，她们见了她就神神秘秘地问：你那个客走了，真的再不回来了？方雪贞无言以对。所以有一天她发狠地买了许多食盐、酱油、醋、米、面、牙膏、肥皂等生活用品，发誓不再去那恼人的铺子。陈奎也心灰意冷，因为不断有人跟他打听方雪贞的事情。有一天他从酒馆回来，懊恼地对方雪贞说："我当初真不该去卫生院为你申请工伤，这下好了，全乡人都把我们当废物看待了！"

方雪贞恨恨地说："世上哪有后悔药给你吃？"

在卫生院里，方雪贞也较过去沉默寡言了。只有当她独自在夜晚的值班室里看着那盏桦皮灯时，才会心有所动。她想自己要是能化成那上面的一只鸟该有多好啊。有一天深夜，方雪贞正坐在值班室里，忽然听见走廊传来脚步声。那声音很沉重，不像张医生的。张医生走路悄无声息的。她想也许来了急诊患者了。方雪贞刚要迎出去，值班室的门已经被推开了，只见孟和哲像一头从森林中跑出来的熊一样敦实地站在门口！他穿一条青色裤子，一件单皮的鹿皮褂，胸脯袒露着，表情怪异地看着方雪贞，一句话也不说。

方雪贞镇定了片刻，问他："你哪里不舒服？"

孟和哲摇了摇头，问她："人家传你的那事，是真的？"

方雪贞点了点头。

孟和哲说："你们汉族女人就是娇气，这么不禁吓！我们的女人，上山能打狍子，下河能抓鱼，六十岁了那个东西也不回去！"

方雪贞火了，她说："你是想来侮辱我的吗？快走开吧！"她本想用"滚"字的，可话到嘴边又咽了回去。

"我是来给你治病的。"孟和哲勾了一下手指，说："你跟我来，我有灵验的药给你。"

方雪贞也听人说过，鄂伦春人有自己采药材治病的习惯，且很有效。比如用爬山松治疗风湿，用狼舌头草治腹泻，用节节草治眼病，用马粪包治扁桃体炎等等。她想没准他们也有专治妇女病的偏方，不妨一试。她见孟和哲不像骗她的样子，就没跟睡着的张医生打招呼，直接跟着孟和哲出来了。

那是个晴朗的春夜。圆圆的月亮被数不尽的星星给团团包围着，像是一群蜜蜂在围绕着一朵黄灿灿的葵花唱歌。出了卫生院就是东山坡，孟和哲一直把她领到那里。方雪贞远远地见一匹马立在那里，她想那药一定就搭在马鞍上，也未防备他。然而未到马前，孟和哲突然一把抱住方雪贞，胡乱地亲她。他的口腔有一股酒臭味，令她作呕。方雪贞挣扎着，气喘吁吁地说："你放开我，我会把你告进派出所！"孟和哲没理她，稳稳实实地把她放倒在地，扒下她的裤子，像一头被激怒的公牛一样对她横冲直撞起来。方雪贞开始还反抗着，后来她明白自己在这个力大无穷、一意孤行的男人面前的挣扎是无济于事的，也就随波逐流了。孟和哲俯在她身上，他的头一起一落的，恍若一头奔跑在地平线上的野兽，忽而露出头来，忽而又隐身了。当他终于号叫了一声不再动弹的时候，他的马也跟着嘶鸣了一声，而她感觉体内被一场淋漓尽致的暴雨冲洗过了，有几分被鞭打的疼痛，也有几分快意的清凉。微风拂弄着林间的草木，在她耳际发出温柔的声响，她仰望着花团锦簇般的夜空，满眼都是星光。

孟和哲从她身上爬起来，像医生下医嘱一样郑重其事地对方雪贞说："就在这里，一周一次，我等你，我能治好你！"不等方雪贞起来，他已策马走了。方雪贞听着那流水一样的马蹄声，在夜下的微风中哭了。她愿意让微风做她的手帕，擦拭她的泪痕。

一星期后，方雪贞并不值夜班。晚饭过后，陈扬去邻居家了，陈奎到同事家打牌去了。他如果不去酒馆，就撺掇人打牌，反正，是绝不肯晚上陪方雪贞在家待着的。

方雪贞本来不想去见孟和哲的，她独自坐在灯下给陈扬检查家庭作业，可作业本上的字迹在她眼里是飘忽不定的，她不时抬眼望着窗外，看着越来越浓的夜色，想着那片幽静的林地，那月亮和马，那曼妙的微风，那声雄浑的号叫，她便耳热心跳了，再也坐不住了。方雪贞走出屋门，见天仍如一周前一样晴朗，只不过月亮缺了一块，显得更清秀些。她走了几步，停下来，问自己：方雪贞怎么能这么做人呢？她折回屋里。可是她仍是坐不安稳，想着做点活计就能分散注意力，就拿起抹布擦桌子，才擦了两下，就心烦意乱地撇下抹布。她又去叠儿子扔在炕上的衣服，刚折了一下就觉无趣，于是又走到窗前。她觉得黑夜从来没有像今天这样诱惑着她，要把她吞噬。她对自己说：我不叫方雪贞了好不好？她怕儿子回来见屋内无人会慌张，就留着门走了。反正家里也没什么值得偷的东西。罗里奇的人家，大都有晚上串门的习惯，她在路上碰到了好几个人。一般的人以为她这时出门，是值夜班去的，也就没人多心。方雪贞从容不迫地走到东山坡下，远远地，她看见了一匹马的影子。

孟和哲坐在矮树林中，他见了方雪贞，站了起来，一把将她抱在怀里，用那双粗壮的大手使劲揉搓她的头发，吻她，满怀怜爱。方雪贞从他的嘴里吸到了一股极浓的青草气息，她拼命地吮吸着。她的脸发烫了，身下也热乎乎的，孟和哲就仿佛是一团火，把死气沉沉的她给点燃了！他们慢慢俯倒在林地上，孟和哲这次解开了她的上衣，吻她的乳房、肚腹，然后才与她交融在一起。方雪贞从未体验过这样的结合，仿佛酒至半酣，飘然欲仙，有如在银河中做爱。孟和哲就像一株充满了旺盛生命力的树，不惧她体内的严寒，傲然地舒展着韧性而强健的身躯，激情荡漾地持久地歌唱着。微风不绝如缕地袭来，似乎也加入了这场合唱。当孟和哲又发出号叫时，方雪贞也叫了起来，她觉得那一瞬间自己快乐得失去了知觉，所以马的嘶鸣这次持续得长了一些，直到她的呻吟消失为止。

孟和哲像上次一样，先她而去了。走前，方雪贞问他："你的嘴里怎么有一股子青草味，怪好闻的。"

孟和哲说："我想在卫生院上班的人爱干净，我不刷牙，就捋了几把青草来嚼。"

方雪贞觉得心头一热，说："那你岂不成了牛？"

孟和哲郑重地对她说："下周还要来，一定有效的！你要是不来，我就知道你的病好了！"

方雪贞说："要是天下雨呢？"

孟和哲说："雨里更好，雨也是药！"

方雪贞又问："要是刮狂风呢？"

孟和哲简捷而果断地说："风也是药，要来！"

孟和哲和他的马离开了东山坡。罗里奇的人是不会在意在任何时候任何地点碰见他的，他在众人眼里总是像游魂一样自由。

方雪贞的脸颊渐渐有了红晕，笑影又如夏日河面的波光一样在她脸上熠熠闪光了。陈奎见她变得滋润了，就讥讽她："你是不是根本就没断了客儿，故意诳我，不想伺候我？"方雪贞就微笑着对他说："我想伺候你，你来呀！"说着，就解衣扣，把个陈奎吓得像被猫捺在爪下的老鼠，哆哆嗦嗦，面如死灰，他骂方雪贞："浪荡！"

从春天到夏天，在两个多月的时光里，方雪贞风雨不误地去东山坡接受孟和哲的治疗。老天很照顾他们，只有一个夜晚是微雨的天气，他们听着温柔的雨声，浑身被雨淋湿，就像在波涛里做爱一样，从未有过的疯狂。孟和哲的号叫和方雪贞的呻吟也比以往更强烈，所以那一夜他们没有听到马的嘶鸣，想必它的声音不敌他们，被消融了。方雪贞觉得她和孟和哲就是这林中两株扭曲在一起生长的植物，茁壮，汁液饱满，不可分离。

孟和哲以往是不爱和方雪贞多说话的，完事之后，真的就像医生对病人履行完职责一样匆匆走掉。在后来的日子里，他也喜欢跟方雪贞说上一会儿话。一个微风荡漾的夜晚，方雪贞抚摩到孟和哲的右小腿有个明显的凹痕，就问他是不是由蛇毒鼓起的包被割掉留下的痕迹？孟和哲抚弄着方雪贞的刘海，对她说："不是。"他说，这伤疤是他六岁时落下的。那是他爷爷三周年的忌日，按照族内风俗，要举行大型祭奠活动。主葬人带领族人和死者的亲属上了山，来到他爷爷的墓葬前。主葬人对着墓葬先说了一番话："我们最后一次来送你，别留恋你的亲人，你的子女们只求你不再受罪。"言毕，便命死者子女往西方射两支箭，给死者开路。又命往东方射一支箭，意为把福寿留给了后代。这时人们会跑着去抢夺这支箭，据说谁抢到了就会一生幸福。孟和哲虽然才六岁，但他眼疾手快地分开众人，一路狂奔，第一个抢到了那支箭。在他抓住那箭的同时，一个趔趄扑倒在林地上，一根半尺长的尖锐的松树残根像匕首一样插入他的小腿，顿时血流如注。这疤痕便是为了夺幸福之箭而落下来的。

方雪贞问过孟和哲，为什么总是喜欢独来独往？为什么常一个人宿在山上？孟和哲说，他的祖先就是在山林中生活的，他喜欢闻树木的清香气，喜欢听野兽的嚎叫。他一看到山下那一幢幢房屋，就会想到坟墓。他觉得房屋与坟墓一样令人窒息，它们永远待在原处，就像被驯服了的野兽一样，呆滞，缺乏灵性和光彩，令人厌倦和乏味，于是他就游荡在山林与家之中。

最令方雪贞盼望而又最令她痛心的事情终于降临了！

盛夏的一个傍晚，她正在灶上忙活饭，忽然觉得身下一阵湿热，体内正有一股暖流汩汩涌出。她连忙放下手中的活，关上里屋的门，一撩裤子，果然看见一片久违了的红霞飘然而至。她有些不敢相信自己的眼睛！它怎么说来就来了呢？方雪贞踱到窗前，望着弥漫在窗上的流云，百感交集地哭了。她想自己该不该对孟和哲说出实情呢？他会不会就此如他所言而离开她呢？方雪贞这时才觉得自己真的是一个病人了，她对孟和哲这样能给她带来身心愉悦的医生难以割舍。

第二天就是她与孟和哲约会的日子。如果她不去，孟和哲就知道她永远不会来了。而如果她去，她身体的秘密会暴露出来，他也不会再来了。东山坡注定要成为留在她心底的风景了。思来想去，她决定还是去见他。

想着可能是最后一次和孟和哲在一起了，方雪贞那天精心打扮了一番。她穿了一条银灰色的软缎旗袍，这种颜色和质地的衣服，在月光下就像燃烧在大地的一支白蜡烛一样柔美、明亮。她把头发梳成一根辫子，荡在脑后，化了淡妆，看上去青春，古典，风韵无穷。她出门时，陈奎阴阳怪气地说："你又不值夜班，打扮成这样给谁看呢？"方雪贞说："给月亮看。"陈奎撇着嘴说："你可别小瞧了月亮，它可是风月场上的老手了。貂蝉、西施、杨贵妃，哪朝哪代的美人逃得过它的眼睛了？就你方雪贞这模样，还能入了月亮的法眼?！"

方雪贞在陈奎的讥讽声中出了家门，她朝东山坡走去。月亮半圆着，看上去像是只蜷伏着的白猫。而星星像一颗颗金色的蜜糖遍布天际，等着谁来品咂。方雪贞的旗袍竟像河流中的一段一样，容纳着明媚的星光，在夜下焕发出一股幽幽的亮色。

她远远地望见了东山坡下那匹马的影子，她的血流加速了。树林就像一幅疏密有致的长轴画屏，不知由谁的手给移动着，朝她渐渐移来。那画屏左侧的山是墨色的，山不很高，但山峰奇拔，呈弓形，不似其他的山，是馒头形的。在山峰的下面，是高高低低的树木层层叠叠地排布开来。那林木浓密的地带，呈现的墨色也就深重些，而有疏朗之气的地带，是矮树丛和茂草，它泛出的是隐隐的灰白色。画屏的右侧，是三座连在一起的馒头形的山，一座比一座略小些，像是老天摆在大地上的三顶型号不一的帽子。山下，有一片树林闪着白光，那是白桦林。而与白桦林相接的，则是落叶松林。孟和哲的马，就拴在松林中。

孟和哲见到方雪贞，就像一个渴到极点的人见到了一个水灵灵的白萝卜，把她拥在怀里，急切地舔舐她，他口腔散发的青草气息又活泼地在她的舌尖舞蹈了。方雪贞与他亲密了一会儿，对他说："今晚我要去白桦林。"

孟和哲没有牵马，仍把它留在松林中。他拉着方雪贞的手，朝白桦林走去。月下的白桦林就像插在大地上的一支支鹅毛笔，树冠上披挂着的叶片则如下降到林地上空的星星。他们找到一处开着白色山菊花的空地。那白菊有隐隐的药香气，开得格外明亮。方雪贞疑心月亮把它缺的那一半，化成了这一片白菊花。

方雪贞躺在花丛中，她伤感地对孟和哲说，她想看看他完全脱光了的样子。孟和哲就站在她面前，先脱了粗布短褂，然后又褪掉黑色的肥腿裤子。他竟然连背心短裤都没穿，只刷刷两下，就赤条条的了。他就像一棵经历了千万年风雨依然挺拔的苍松一样，巍然矗立在她面前。方雪贞真希望月光能化成一条绳索，缚住她的脖颈，把她吊在这棵树下。她悄悄流着泪，感觉身下的血液像泉水一样奔涌而出，浸透了旗袍，一直渗到白菊花和野草上。孟和哲召唤方雪贞起来，让她也脱光了衣服。方雪贞犹豫着，孟和哲已经伸出有力的手，将她拉了起来，然后坐到她刚刚躺过的地方。方雪贞正不知所措的时候，孟和哲突然惊叫了一声，原来他发现有几朵白菊花变了颜色，他采下来，闻到了那上面的鲜血气息。“你的病好了！”孟和哲大声地说。方雪贞没有想到夜色中的孟和哲的眼力如此锐利，她的心苍凉极了，她是多么想最后一次用自己生命的热泉再淹没一次孟和哲啊！孟和哲果然是个惧怕血的人，他飞快地丢掉带血的菊花，站起身，躲开了那片被血染过的花丛，怔了许久，这才穿起衣裳。

“你要走了？”方雪贞问。

“你的病好了！”孟和哲说。

“你不喜欢我?”方雪贞声音颤抖地问。

孟和哲沉默了半晌，说：“我有乌娜姬。我们只娶一个女人，一个！一辈子不变！”

“那我呢?”方雪贞委屈地追问。

“我让你害了病，我已经治好了你了！”孟和哲说。

方雪贞打了一个寒战，她悲凉极了。她有千言万语要对孟和哲诉说，可她喉咙发干，什么也讲不出来。松树林忽然传来马的嘶鸣，确切地说是一种剧烈的呻吟声，孟和哲拔腿冲出白桦林。

方雪贞随之赶到了松树林。她看见孟和哲抱着心爱的马蹲在林地上。孟和哲说，有人用斧头砍了马头，幸而没砍到要害上，但马的右侧眉骨已经被撕裂了，鲜血从中渗出来。

“是不是乌娜姬干的?”方雪贞小声问。

“我们的女人从来不干这种事！”孟和哲冲方雪贞大声吼道：“你走吧！你已经好了病了！”

方雪贞一路摇晃着回到家里。只见陈奎满脸是汗地坐在床边，一把斧头摆在床头，斧头上血迹斑斑。

方雪贞看了一会陈奎和那把斧头，然后慢慢转身来到窗前，背对着陈奎。她想他会用斧头来砍她的，她希望自己看到的最后的人间情景是清朗的夜色。然而并没有斧头飞过来，倒是有一阵一阵的冷笑像隆冬的风一样漫过来，让她脊背发凉。陈奎说：“方雪贞啊，你他妈的真能撒谎！瞧瞧你的旗袍上洇着那么一大片血，你他妈的还说——”陈奎委屈地哭了，这是她第二次听见丈夫的哭声。

夏天就要过去了。方雪贞依然每天到卫生院去上班，生活又恢复了老样子，是那种使人窒息的平静。陈奎依然对她不闻不碰，流连于酒馆和牌局之间。自东山坡一别后，方雪贞就再也没有见过孟和哲。只不过有一天她听王玲说，孟和哲猎到了一只鹿，乌娜姬说山上的鹿越来越少了，让孟和哲把鹿放了。孟和哲听从了妻子的建议，让这鹿回归山林繁衍生息去了。放鹿的那天，罗里奇的许多孩子都跟到山林去看。

这天晚上又是方雪贞和张医生当班。张医生查过房后，依然如往常一样睡去了。方雪贞在值班室枯坐了一刻，然后把椅子挪到灯下，站上去擦拭已蒙尘的桦皮灯。看着自己亲手描画的那一只只“天鸟”，方雪贞是多么想化为它们当中的一只啊。她想只要自己拧下灯泡，把手触到灯头深处，飞驰的电流就会圆了她这个梦。方雪贞用纱布垫着发烫的灯泡，正欲将它拧下，突然，那桦皮灯竟然失身落了下来，像要给她行加冕大典一样，自动扣在她的头上。方雪贞一惊，一个跟斗栽倒在地。原来这六角形的灯是用松木架支撑的，松木的一条棱松动了，整个灯罩就掉了下来。

方雪贞这一跌，竟然折伤了右小腿的腓骨。她打着石膏在家静养的日子里，陈奎忠诚而忙碌地为她调理一日三餐，他再也不去酒馆和牌局了。晚上时，他虽然不跟方雪贞说话，但总是拿着一卷书陪她坐在床前。方雪贞觉得很对不起陈奎，她很想对他说一句道歉的话，但她的脑海中依然浮现着东山坡温柔的夜景。那已消逝的林中微风，虽然不在她的耳际作响了，但它们却悄然埋入她的心头，依然时时荡起阵阵涟漪。

2003 年

一匹马两个人

一匹马拉着两个人，朝二道河子方向走。

马是瘦马，且有些老了，走起路来就难免慢慢腾腾的。而它拉着的两个人，也不催它走快。他们在几年前就停止在它身上动用鞭子了，一则是这马善解人意，它不会故意偷懒；二则是因为他们和它都老了，马经不起鞭子的抽打，而他们也丧失了抽打一匹马的勇气了。

老马拉着的两个老人，是一对夫妻。男的跟老马一样瘦，女的则像个大树墩一样胖。他们不像马有着那么英气逼人的大眼睛，他们都是小眼睛，是那种懒得睁开的、老是处在半梦半醒间的小眼睛。瘦脸上长着一双小眼睛，这眼睛就给人一种镶嵌上去的感觉，看上去比它本身显得大些；而生在胖脸上的小眼睛，则让人觉得像是掉进了豆腐渣里的两颗石子，你只能凭借着点点窝痕判断它的藏身之所。因而有的时候，马觉得老太婆是没长眼睛的人。

二道河子离他们居住的村庄有二十里路。那里没有人家，有的是一条曲曲弯弯的河、开阔的原野和田地。当然，山也是有的，不过它在河的对岸，看上去影影绰绰的，不太容易走近。马曾经想，那山一定是座很大很大的房屋，只是它猜不透里面都住着些什么动物，也许是黑熊、狼或者兔子？马见过这些动物，它觉得它们比它命好，不用听人吆喝，也不用被套上绳索埋头拉车，直到拉得老眼昏花、吃不下草料为止。不过，有的时候马猜想那山里住着的未见得是动物，也许是些云彩。在马的心目中，云彩是有生命的，它们应该有居住之所。大地上离云最近的，就是山了，云彩住在里面是最方便的了。

同以往一样，坐在车辕的男人垂着头袖着手打盹儿，车尾的女人则躺着睡觉。他们不用担心马会走错路，因为去二道河子只这一条路；他们也不用担心马会受惊，因为这个季节没有其他的车辆过来，能使马小惊一下的，也不过是横穿路面的小松鼠。马呢，它知道两个人都在迷迷糊糊地睡，所以它若遇见笔直的路段时，也抽空打一下盹儿，它老是觉得累，看来真是老了。

马走得有板有眼的，一对老夫妻也就安然地在湿润而清香四溢的晨曦中继续他们未完的美梦。偶尔能让他们醒一刻的，是原野上嘹亮的鸟鸣。

马拉着的除了两个人，还有粮食和农具。他们在二道河子有一个窝棚。夏天时，每隔一周他们都要来一次，每回来都要住上三五天。人住在窝棚里，而马则宿在野地里。到了秋天，不管天气多么恶劣，他们也得待在这里，因为鸟群会来糟蹋麦子，仅仅靠稻草人的威慑是无济于事的，他们就只有赤膊上阵了。

微风吹拂着原野，原野上的野花就把芳香托付给风了。越是远离人烟的地方，野花就开得越疯狂。坐在车辕的男人不喜欢花，可是马喜欢，它常常用舌头去舔。车尾的女人也爱花，不过她只爱花朵硕大的，比如芍药和百合，而对那些零星小花则嗤之以鼻，说它们："开得针眼儿那么大，也配叫作花？"

这二十里的路，马已经不知走了多少趟，也不知走了多少年了。只记得拉着丰收了的麦子回村庄时，由于车陷在泥泞中，它的背上吃了主人数不清的鞭子。疼痛其实并不能使它增长力气，而是由于这剧痛带来的癫狂使它仿佛是有了力气。马还记得，老人的儿子第一次被人用手铐带走时，哪怕是走在没有辎重的平道上，它也要挨上几十道鞭子。而他第二次戴着手铐被人带走后，他们对它则温情多了，夜里不忘了喂点豆饼给它吃，女主人还常常用一把刷子给它理鬃毛，仿佛把它当成了他们的儿子。

天已经大亮了。马打了一个响鼻，示意二道河子已经到了。果然，男人跳下了车，他先用手抚摩了一下汗涔涔的马，无限怜惜地说："唉，瞅瞅你这一身的汗，真让我不忍心再使唤你了。”说着，他回头去看车尾的老伴。这一看他吃惊不小，老太婆不见了！他以为她憋了屎尿，方便去了，就朝附近的麦田和原野看，结果他什么也没发现。往常，马车一停下来，老头跳下车时，她还躺在车尾睡得忘乎所以的，他得吆喝她：“哎，老婆子，醒醒吧，再不醒你就把太阳睡下山了！”

老太婆就会磨磨蹭蹭地坐起来，恹恹无力地向老头絮叨她这一路所做的梦。她的梦很多，且都稀奇古怪的，什么树叶长了翅膀，麦子里藏着珍珠，马在河边唱戏，老鼠叼着一枝红花向空中的乌鸦求婚，听得老头说她六十岁的人了，却长着颗十八九岁女孩的心。老头闹不懂，这个年轻时不爱做梦的女人，为什么到了晚年，那梦却排山倒海般地涌来？

“老太婆，你到哪里去了，我看不见你，你给我个音呀！”老头叫道。

马站在原地，不安地动着四蹄，它很纳闷主人为什么还不卸车，它想去掉束缚和羁绊着它的缰绳，轻松地到草场歇一歇。

老头听不见老太婆的声音，他急了，以为她钻到马车底下和他藏猫儿，她年轻的时候常和他开这种玩笑。老头吃力地弯下腰，他看到马车下只是两个沾满了泥巴的车轮，此外什么都没有，他这才明白，老太婆是被丢在路上了。他责备自己太粗心，只顾着自己眯着，也许她中途跳下来解手，没有追上马车。他连忙掉转车头，折回去寻找老太婆。

马听见老头呼唤老太婆，已经明白主人为什么没有及时地给它解缰绳。所以它再次上路时，没有丝毫的懈怠。尽管它已经累得眼花缭乱了，还是加快了步伐。可是老头还是嫌它走得慢，他没有鞭子，就下车折了一根柳条，用它不停地抽它。由于久违了鞭子的滋味，马对疼痛的感觉就格外敏感，它闷着头，拼命地快走，老头却并不领情，他心急火燎地持续抽它，抽得马的眼睛都花了。

大约走了四里路，在一片开满了黄花的草甸子簇拥着的路段上，他们发现了老太婆。她横躺在路上，似乎在睡觉。老头叫了一声："你怎么睡在路上了，吓死我了！"他长吁一口气，从车上蹦下来，去搬弄老太婆。马满身是汗，身上疼痛难忍，四条腿没有一条不在打哆嗦。它可没像老头那么乐观，以为她是睡着了。马知道老太婆只是喜欢在马车上睡，她在地上睡不实，风吹鸟鸣的声音都能把她扰醒，更何况马车前来的声音这么明显，她如果还没被惊醒的话，除非是她死了。

果然，老头搬开老太婆时，发现她的额头都是血，而地上也是血迹斑斑。他拍了拍她的脸，喊道："我的老婆子，你说句话呀！"老婆子沉默着，不再给他讲那些光怪陆离的梦了。老头试了试她的鼻息，一点呼吸都没感觉到，再摸她那双粗糙的手，已经冰凉如秋日的河水，而她的四肢，也僵硬了。

老头虽然有些耳背，但比老太婆整整大十岁的他并不糊涂，他知道她是死了。他没有哭，而是分外委屈地说："你怎么说飞就飞了呢?”在他看来，他现在抱着的只是老太婆的一个躯壳，而真正的她却已经抽身而去了。

微风就像打太极拳一样，慢悠悠地飘来荡去，它的拳脚所落之处，带来的波动是不一样的。比如落在草上的风，就把草弄折了腰；落在黄花上的风，则将缕缕花香给偷了出来，随便地送给过路的鸟或者蝴蝶了。老太婆身上唯一能动的，就是头发了。那稀疏的白发随风飘舞着，仿佛她在跟他作最后的告别。老头闻着那浓郁的花香气，伤感地说：“你要是喜欢这片黄花，就跟我说一声啊，我把咱家园子里的地都栽上这花，让你爱惜个够。”

马看着老头吃力地把老太婆抱上车，然后他又仔细查看那路面究竟有什么不对的地方。结果他们同时看见了，路面偏右的地方有一块凸出来的石头，那石头的顶部像笋尖一样，是它充当了杀手的角色。那石头已经被血染红了。

“你这阎王爷派来的小鬼，我踢死你!”老头咆哮着，使劲踢着那石头，那石头却是纹丝不动。

“你这颗狼牙，我拔了你!”老头依然咆哮着，他蹲下身子，用手去拔那块石头，而石头依然龇着血红的牙望着老头，泰然处之。

“你这没长眼睛的子弹，我要把你的魂都砸破了!”老头见拳脚相加都不管用，就去马车上取下镐头，奋力砸那石头。这下石头沉不住气了，它先是发出阵阵呻吟，然后迸溅出一串串火花，顷刻间就分崩离析了。

那镐头本来是要用来刨百合根的，老太太有哮喘，她常用它来熬粥喝。老头把镐头小心翼翼地放回车上，然后他抚摩着老太婆的面颊哭了。

他们朝村庄走去。老头不再坐在车辕的位置，他抱着老太婆坐在车尾。他想她一定是因为睡得太熟了，糊涂中被马车给颠到地上了。她一落地，又碰上了那块倒霉的石头，头正撞在上面，于是就一命呜呼了。

一块这么不起眼的石头就要了她的命，这使他想不明白。她落地后立刻就死了吗？她是不是呼唤他了？可惜他耳朵不如年轻时灵便了，而且马车一旦走起来，听到的只是马蹄声，其他的声音都在无形中被抹杀了。他这样一想，就有些怨恨马了。

而马呢，它走得心事重重的。它也在责备自己。老太婆掉到地上了，一定是因为它走路不如以往利索，腿常常抖一下，车也就随之颠簸一下，想必她就是这么被晃到地上的。而且，不可饶恕的是，老头不会感觉到少了一个人，因为不是他在拉车。它在拉车的过程中少了分量，应该有所察觉的。可它什么察觉也没有。它是个废物了。马觉得自己最好就此不要吃草了，就这么完结算了。

他们走了大约两里路后，老头呵斥住了马，让它掉转车头，又朝二道河子去了。他想老太婆死了，把她带回村庄也没用。她不喜欢那里，她喜欢的是二道河子的麦田。可是他们折回去没有多久，他又改变了主意，因为他想起老太婆的棺材在家里，她最终得被装进棺材里才能安葬，于是又让马掉头，朝村庄走去。马精疲力竭了，可它还是忠实地履行主人的意愿。这样，他们把太阳走到了中天，是正午了，天气热了起来，马觉得口干舌燥，这时老头又改了主意，他掉转马头，让它往二道河子方向走。因为他想把她葬到她喜欢的地方，将她放到窝棚后，他再回去把棺材取来是一样的。这样马车又朝最初的路线走，马又得经过老太婆出事的地方，这对它来说是一种折磨。可马是善解人意的，主人让它怎么走，它就觉得他是有道理的。他们走了大约两小时后，已经距二道河子很近的时候，老头又改主意了，他想若是把她独自放到窝棚里，万一来了狼或者是熊，没有反抗能力的她不就被这些野兽给吃了嘛！这一想让他胆战心惊，他立马掉头，朝村庄走去，他想总应该让她回家再看看她生活了几十年的地方。就这样，老马在这一天水草未进，老头也是粒米未食，他们在二道河子和村庄之间的道路上折来折去，徘徊不已，直到黄昏时才精疲力竭地到达村庄。

老太婆被葬到了二道河子，不过葬得颇多波折。由于路途太远，送葬的人大都只是送到了村口。老头也讨厌别人跟着去，他觉得他们一家三口就是：他、老太婆和老马，被人尾随着纯属多余。老马拉着红棺材，老头仍然是坐在车辕的位置上，他听着马蹄声，看着原野的绿草和野花，感受着隐约的鸟鸣，走在一个阳光灿烂的日子里。这一程他们走得很慢很慢。马和老头都有一个共同的愿望，那就是让老太婆再最后享受一下她所喜欢的旅程。到了出事地点，老头特意喝住了马，下车到那片黄花草甸上采了一束花，把它放在棺材上。然后他们又继续前行。那一路老头都在回忆老太婆生活的一些细节，她梳头的姿态，她吃饭得意了时的表情，她发脾气时摔笤帚的愤怒神态，他实在是太想念她了。

到了二道河子，老头卸下马，领它到河边饮水，然后自己吃了点东西，就择了块地方，挖起了墓穴。他觉得这墓地风水不错，它的左右两侧是麦田，前面是原野，背后是河水，在他看来，是个有吃有喝有玩的独一无二的地方。他在挖坟的时候，老马就垂立在他身边。他对它说："她死了，我给她挖坟，我要是死了，你能给我挖坟么？"老马用蹄子踢了踢他扬上来的土，意思是它的蹄子在挖坑上不会次于铁锹，老头就怜爱地抚弄了一下马耳朵，说："好兄弟。"

墓穴在太阳下山时终于挖好了。老头要给老太婆下葬时，发现麻烦来了。他一个人无法将棺材下到墓穴里，当初这棺材被抬上马车，还是邻居帮的忙。老头这下可是叫苦不迭了，他对老太婆说："唉，想让你清静清静的，不叫别人跟着来，可是我一个人又不能把你埋了，马又不能当人来使唤，你要我怎么办？这前后左右都不见人影，我要是不回村子喊人来的话，除非你像孙悟空似的弄点法力，把棺材变得和纸一样轻，这样我就能抱着你进去了。”

老头以为他的话会起作用。因为在他的心目中，老太婆是无所不能的。她既然能做那么神秘莫测的梦，那么把棺材变得轻巧一些应该是手拿把掐的事情。他停顿了一刻，然后充满信心地去搬那口棺材，可是它只是微微动了动。他急得几乎要哭了。他想自己真是个蠢货，没有想到应该带一个人过来。他还想村庄的人也都是蠢货，没有一个人提醒他。不过，或许他们已经看出了这事他独自解决不了，只因为他无儿子的缘故，他们故意刁难他。

老头一筹莫展。太阳在天上滚着玩了一天，它要接近落山的时刻了。想必天上也有尘土，而且那尘土是铁锈红色的，所以它的身上就仿佛裹着一层又一层的红色花瓣。老头对马说，你留在这里陪老太太，我得连夜赶回村子去找人来。要是我回来发现狼或者是熊弄零碎了老太婆，我可就对你不客气了！

马长鸣了一声，用嘴努了努棺材，意思是说老太婆被钉在这么厚的棺材里，狼和熊能奈何她嘛！

老头正要带上手电筒和防身的工具回村（在这里，防身只是为了防野兽的袭击），忽然见马耳朵忽闪忽闪地像鸟的翅膀一样张开着，只有是听到了异样的声音，它才会有如此举动。老头警惕地望着那条唯一的路，他什么也没看见，想马也有虚张声势的时候。正在他准备上路的时候，他看见前方来了一个骑马的人，老头的心狂跳不已，心想老太婆真是体恤人，平素这里不来人，单单这个他最需要人的关键时刻，就有人来帮助他。他激动得几乎要哭了。

然而来的人老头并不喜欢，他是王木匠。他骑了匹雪青色的马，那马比他的马要年轻漂亮多了。王木匠穿着一套干净的蓝衣服，马背上搭着渔叉和渔网，看来他是到二道河子捕鱼来的。

“我能帮你什么吗？”王木匠跳下马，大声跟他说。

老头犹豫了一下，他还是忍着妒忌对他说：“唉，你帮我搭个手，我一个人搬不动棺材。”

王木匠笑笑，老头就觉得他的笑容里包含着嘲笑的意思。他比老头年轻十岁，他的身体还是那么健壮，似乎一顿能吃五碗饭的样子。当年他和老头都看上了老太婆，可是老太婆选择了他这个穷得三十多岁还没有说上媳妇的光棍汉。他还记得王木匠难过得在他们的婚礼上喝醉了，醉到桌子底下，由人把他抬回去的。这使得那天的洞房花烛夜的喜悦大打折扣。老头为此一直耿耿于怀。

老头吩咐王木匠抬棺材的底部，而他抬头部，岂知他的力气不支，根本抬不稳，只得和王木匠交换位置。当王木匠抬着顶部，而他抬着底部，吃力地把棺材落入墓穴后，他已经累得腿打哆嗦了。他很委屈，心想最后是王木匠抱着老太婆的头，而他抱着的却是一双脚，自己的身体真是不争气呀。老头叹息了一声，停顿了一刻，用铁锹往墓穴添土。王木匠就知趣地走开了。他去河里捕鱼去了。老头想，他捕鱼肯定只是个借口，他看出了他一个人下葬是力不能及的。而且，王木匠他一定是想最后送送他爱过的女人。老头“哗——哗——”地扬着土，夕阳将它金色的余晖洒在墓穴周围，他感觉自己连带着把那些柔软而明媚的光晕也葬在其中了，心里就有一种莫大的安慰。

王木匠没有捕多长时间的鱼，他就连夜骑着马回村庄了。这更证实了老头的猜测。天黑了，老头离开墓地，他回到窝棚，点亮油灯，生起火，笨笨磕磕地做起了饭。他下了一碗挂面，由于火候没有掌握好，煮烂了，它几乎成了一碗糨糊。凑合着吃完饭，他吹灭油灯，卷起一支烟来抽。他想老太婆想得厉害，真想找块石头把自己也磕死。不过他转而一想，王木匠今天的到来，也许是老太婆想最后看王木匠一眼，所以她的魂灵才把他勾来了。这样一想，他就觉得老太婆对他不忠，将烟抽完后，他就钻进被子睡了。第二天早晨起来，他就到麦田劳动，日出而作、日落而息，这样他在这里足足待了一周。本该是两个人的活，他一个人来做，确实耽误了不少时间。干完农活，将要套上马回村庄的时候，他看见马车上的镐头，精神随之恍惚了一下，猛然想起还有一项活忘了做：挖百合根。他就赶紧扛着镐头到了原野上，找到几株百合，将它们嫩白的根挖起，放在口袋里，这才回家。马车走到那片开满了黄花的草甸子时，他猛然想起老太婆是死了，那百合根已无人来吃了，便怀着凄凉的心情将它们一把一把地扬在路上。

老头回到村庄后几乎不出门。他面临的最大问题是：吃饭。以往都是老婆子给他做饭，他只需张嘴吃就是了。如今，他面对着锅碗瓢盆却犯了难。他不知道怎样焖米饭，不知道怎样炒菜，更不要说蒸馒头和包饺子了。村里有个饭庄，是张金来开的，老头就只好到那里去吃饭。其实他很不情愿去的，因为张金来是王木匠的女婿。这个饭庄只有到了旅游季节，生意才好一些。平素，外面不来人，村上又没有什么婚丧嫁娶一类的事发生时，它就关门了。张金来年轻时到二道河子用炸药炸鱼，不小心把自己的一条腿给炸掉了，落了个残疾，不能做农活，他就开了饭庄。因为自身条件不好，他娶了王木匠的女儿雪花。雪花患先天性小儿麻痹症，四肢扭曲，就像一棵长得曲里拐弯的树，走路时哆哆嗦嗦的，好像她的脚下安着弹簧。他们夫妇没有一个走路顺畅的，但他们的儿子却很健壮，跑起来像小马驹一样有朝气。而且他们夫妻感情很好，谁也不嫌弃谁。别看他们有残疾，可是比谁都能吃苦，他们家种着园子，里面的菜蔬一应俱全，而且还饲养了猪、羊、鸡、鸭等牲畜家禽。老头初始时不太喜欢在饭庄吃饭，去了几天也就习惯了。他早晨去那里喝粥，中午是一碗米饭、一个炒菜，晚上是二两酒、两个小菜、一个馒头。一天的开销在二十元钱左右。老头和老婆种了这么多年的麦子，每年都要收入几千块钱，手头有些积蓄。他们只有一个还待在监狱的儿子，老头恨他恨得咬牙切齿，一分钱也不想留给他，况且，他的丧服和棺材几年前就已经预备下了，他舍得自己在饭庄吃饭，他想这样一直吃到死，他也吃得起。唯一令他不自在的是，他经常在饭庄遇见王木匠，他来看孙子，一进门就会大声嚷嚷："我的乖孙子在哪里呀？"这时无论在哪里玩着的奔头就会"爷爷、爷爷"地一路叫着跑来，像旋风一样扑入王木匠的怀里，看得老头心里发酸。心想，如果自己的儿子争气，他不也抱上孙子了吗！

老头的儿子两次入狱，都是因为强奸罪，这使得他们夫妇觉得在村子里颜面无光，抬不起头来。这孩子自小就怪，不喜欢和人交往，独来独往。其实他并不喜欢女孩子，他从城里高中肄业回来后，老头看他逃不出务农的命运，就给他张罗对象，介绍了一个又一个，他都说没意思，不想结婚。他和老婆子也没在意，心想男孩子有开窍晚的，到时他想要女孩子了，你不让他找还不行呢！有一年春天，老头家养的几只鸡钻进了薛敏家的菜园，把她家的几垄刚出苗的菠菜给鹐了个溜光。薛敏是个蛮横的女人，老头说赔她家钱她不答应，说是把那些惹祸的鸡给她，她也不答应，她非要让她家的菜地一夜之间长出和原来一样的菠菜，这实在是刁难人。老头的儿子也不含糊，他当夜闯到薛敏家，把她给强奸了。那时薛敏的丈夫回老家参加侄子的婚礼未归，薛敏五岁的小女儿看着妈妈被强奸，吓得呜呜直哭，小孩跑出屋去求助别人，正赶上胡裁缝路过，胡裁缝就跟着进了屋子，老头的儿子被当场捉住。胡裁缝这个女人仗着一手的好手艺，在村子里过得衣食无忧，人缘也好，因而很遭女人的妒忌。她替薛敏报了案。老头的儿子被判了九年徒刑。审讯他的时候，法官问他为什么要强奸一个女人，他说："她蛮不讲理，强奸她活该！"薛敏的丈夫回家后受不了村子里人的指指点点，就净身出户，和薛敏离了婚。所以薛敏恨丈夫，恨老头老太婆，恨女儿，也恨胡裁缝。她恨丈夫不念夫妻情分抛弃了她，恨老头老太婆养了那么个孽障儿子，恨女儿不该出去叫人，恨胡裁缝不该报案，她可以忍下这羞辱，做得什么事情都没发生似的。那样，她还是一个良家妇女的形象。有的时候她也憎恨自己，当时不那么为难老头家，就不会有今天的灾祸。其实，她这个人只是嘴上硬，当时心底想的就是若能让他家多赔点钱就行。她不愿意让他们赔她鸡，她讨厌饲养家禽。结果最后弄得鸡飞蛋打、一败涂地。不过，后来她不恨胡裁缝了，因为她步她后尘，落得个灰飞烟灭的下场。

老头和老太婆在二道河子开荒种麦，就是在儿子入狱之后。那时这马刚到他家，才两岁，他们就带着它去那儿耕地。一旦它歇了一会儿，他们就拼命地抽打它，把它打得直恨自己为什么是匹马，为什么不是蛇、黄鼠狼、熊这些既逍遥而又令人类胆寒的动物。

九年之后，儿子出狱了，回到了村庄。谁也认不出他来了，他长高了个子，但是异常的消瘦和苍白。他更加地不爱跟人说话，大多的时间就是和马待在一起，有时还睡在马棚里。只有马知道，他在深夜的时候会哭泣。他常常抱着马头，跟它说些什么。马对人话是懂一些的，可它却一句也听不明白这个囚犯所说的话。就这样，不到一年时间，他又一次入狱。他这回强奸的是胡裁缝。有一天，老太婆领着儿子去胡裁缝家给儿子做条裤子，胡裁缝说什么也不肯给他量尺寸，似乎是一碰他的身体，她就会有危险似的。老太婆求她："我跟着他，你看他还能把你怎样？"可胡裁缝清高地说："我是个干净人，不做脏裤子！"老太婆只能悻悻地领着儿子回家。胡裁缝家养了头奶牛，她喜欢那头牛，晚上时都是她去接奶牛回村。老婆子的儿子被拒绝做裤子的第二天傍晚，他躲在草场那里，待牵奶牛的胡裁缝一露面，他就把她死死地摁在草地上，痛快地把她强奸了。这回是他自己投案自首的。他在谈强奸动机时说："她不是不做脏裤子吗？我让她亲自穿脏裤子！"好脸的胡裁缝投井自杀了。由于是再犯，再加上强奸后果恶劣（胡裁缝死了），他这次被重判，是二十年。他知道无法给父母养老送终了，所以他在案发后回家抱着马说："你帮我给他们送终吧！"这是马听懂的他说的唯一的一句话。

老头平素在饭庄吃饭，晚上时他回到家里，一个人睡在炕上空荡荡的，他就搬到马棚和马住在一起。也怪，和马在一起，他就不觉得那么凄凉了。儿子第二次入狱后，他们都不约而同地把它当作了人看待，须臾不能与它分别。马吃草时的咀嚼声是那么温柔，他听了直想落泪。他知道这马同他一样风烛残年了，可是他希望自己死在马之前，如果马走在他的前面，他活着还有什么意义?

每隔一周左右的时间，老头就要套上马车，到二道河子去。一到了那里，他卸下马来，就去看老太婆。马也跟着他去看。他们呆呆地看上一刻，然后就各干各的。老头去麦田劳作，马到草场闲逛。到了晚上，老头会生起火来给自己煮一碗面条。马看着那红红的火焰，觉得它就是夜晚唯一在盛开的花朵。到了睡觉的时候，老头就住在窝棚里，而马则卧在草地上，它喜欢闻夜露的湿漉漉的气息，喜欢听那不知名的虫子的呢喃叫声，听起来真是温存极了。马想念老太婆，因为她心细，夜晚时常披衣起来看看它，而且还经常给它梳理鬃毛。老头呢，他确实是有些糊涂了，连自己都照应不好，洗衣服时打不均匀肥皂，煮面条老是煮成一锅糨糊，早晨从窝棚起来连行李都不知道卷起来。而且，要想秋天及时在麦田插上稻草人的话，现在就应该在草场打草了，可是老头却毫无动静。马为了提醒他，有一回把镰刀咬在嘴上，送到老头面前。老头毫不开窍地说:“我就是再馋肉吃，也不会割你的舌头的!”马真的是有口难言。

麦子抽了穗，麦粒就一天一天地膨胀起来了。马和老头如以往一样穿行在村庄和二道河子之间。有一天，老头在饭庄遇见了一个外地来写生的画家，他就住在张金来家。人家说他画啥像啥。老头就拿出钱来，并把老婆子的一张照片给了他，让他画一张像门那么大的老婆子的肖像画给他。那人应允了，答应让他一周以后来取画。

到了那天，老头穿得整整齐齐的，他还特意把木梳蘸了水，将仅存的几绺白发梳得格外光顺。他向饭庄走去的时候有些害羞，又有些激动，就像他第一次去柳树林赴老婆子的约会似的。他终于在一个暗淡的屋子里见到了老婆子的画像，它真的有门那么大，浓重的油彩新鲜欲滴，老婆子笑眯眯地披着一块彩色披肩望着他，她的背后是一望无际的丰收了的麦田，在麦田上，影影绰绰可见一个男人和一匹马的形象。老头想一定是王木匠提供了他家的生活情景，不然画家不会画得这么洗练、传神。老头抱着这画回家的时候，哭了一路，仿佛是他的老婆子丢了，他终于又把她找了回来一样满怀喜悦。他的泪水溅到画上，那画就显得更加生动。仿佛是老婆子刚刚从河边沐浴归来似的。老头先把那画拿到马棚让老马看，它看了一眼，泪水就流了下来。它伸出舌头舔了舔檀色的画框，它不敢舔老婆子，怕引起老头的嫉妒。最后，老头把画挂在屋子的西墙上，这样阳光一从东窗射进来，这画就会被映照得熠熠生辉，老婆子就仿佛要开口跟他说话似的。

老头死了。马清楚地记得那天老头和它去二道河子，到了目的地后，它停下来了很久，老头也没有如以往一样跳下来卸车。马努力回了一下头，见老头不是坐在车辕的位置上，而是四仰八叉地倒在车上了，一动不动，马就知道老头是断了气了。老马没有过多停留，它掉转车头，朝村庄驶去。它听着车轮辘辘响着，看着越来越阴沉的天空，不时地祈祷老天可千万不要下雨，那样会淋湿它的主人。马每走一程就要嘶鸣一声，它仿佛是在对着天地呜咽。乌云似乎也为它的真情所动，它们聚集了一刻，就逐渐消散了。这样，太阳出来了，路上又跃动着它那活泼的光影了。马踏着柔软而明媚的光影，就像踩着一条铺满了野花的小路，觉得四蹄都是芳香。

老马把车停在了饭庄。只有它知道，王木匠对它的主人是多么的尊重和关心。他爱老太婆，一辈子都爱，这只有它知道。它不止一次看到，深夜的时候，王木匠常常在主人家的门外徘徊。他怕别人看见，总是等到村庄没有人影的时候才出来。他其实无非是等着老太婆出来泼洗脚水的那个时刻。隔着院子，天又黑，他其实根本看不清什么，不过是听到“哗——”的泼水声以及她偶尔的咳嗽声。老马还记得，主人家的儿子第一次入狱的时候，老太婆被气病了。王木匠捕了几条鱼，把它们穿成了一串，甩在主人家的院子里。第二天清晨起来，发现了鱼的老头看着那串鱼，喜不自禁地回屋向老太婆报告：有人悄悄给送来了鱼！老头只当是好心人同情他们，才悄悄给了这些鱼。可是老太婆明白，那鱼一定是王木匠送来的。他虽然也娶妻生子了，但对她一直难以忘怀，虽然他从来没有用语言表达过。就是这次给老太婆下葬，马都明白王木匠是特意赶到二道河子的，捕鱼只是一个借口。老马记得王木匠故作轻松地离开墓穴之后，他眼里顷刻间涌满了泪水。他去河里捕鱼，莫如说是去那里洒泪去了。

王木匠把老头葬在了二道河子，让他挨着他心爱的老太婆。当送葬的人纷纷离去之后，王木匠悄悄采了一束野花，把它放在老太婆的坟头。他低声对她说："我早就想采把花给你，一直没有个机会。以后的夏天，我都来采花给你。"

村长出面，把老头家的房子给封了。他说这房屋的继承权应该归属那个服刑的强奸犯，只是不知他有没有福气享用它。至于那匹马，大家见它很老了，已经干不了什么农活了，就想把它杀了，将它的肉分着吃了。杀马的那天，屠夫很早就来了，他发现马棚里根本就没有马，去问村长，村长说这牲畜与它的主人分不开，也许是跑到二道河子去了。谁也不愿意为了一匹老马而跑一趟二道河子。都说这马即使被杀了，那肉肯定也老得一天都煮不烂，不会有好味道的，所以也就没有人再去惦记马。

秋天来了，麦子黄熟了。由于麦田没有稻草人，鸟一群一群地来了。已经瘦得皮包骨的老马吃力地驱赶着鸟。可是它赶跑了一群，又飞来了一群，这些鸟完全把麦田当作了乐园。老马觉得对不起它的主人。为了赶鸟，它在麦田上跑来跑去，气喘吁吁，越发显得气力不济，它觉得自己的生命就要到尽头了。有一天，老马到河边饮水归来，发现麦田上出现了两个人影：是两个女人。她们是薛敏母女。薛敏已经衰老得满脸都是褶子，她离婚后没有人再娶她，她与女儿印花相依为命。印花二十一岁了，长得很秀气，但是脑子比较笨，所以高中没毕业就回乡务农了。老马知道，主人家这些年常丢东西，都是薛敏干的。她觉得自己的悲剧都是老头家一手造成的，所以缺了米，她入夜时就到老头家的仓棚去拿，缺了柴火，她就打发印花来抱。老头和老太婆丢东西的次数多了，晚上时就留心观察动静，他们发现是薛敏在做贼，就不好说什么，也就听之任之了。

薛敏很高兴老头和老太婆死在了收割之前。在她看来，这片丰收了的麦子毫无疑问应该归她所有。她带来了两把锋利的镰刀，开始和印花割麦子。薛敏已经联系好了买主，她想卖了麦子后，她要进城给自己买件古蓝色的软缎棉袄，给印花买一条呢子裤子，然后把余下的钱存起来。可是薛敏才收割了一小块麦子，就遭到了老马的袭击。它从河边赶来，用蹄子去踢薛敏正在挥舞着的镰刀。薛敏几乎认不出这匹马了，它瘦得面目全非了，走起路来那松松垮垮的肚子像钟摆一样左摇一下，右晃一下。它站在她面前，不停地打着哆嗦，同人害了感冒发冷一样。但它的眼睛是清澈的。

“你真的比狗还忠诚啊!”薛敏对老马说，“你的主人都死了，他们扔下你不管了，你还管他们的闲事干什么!”她放下镰刀对它说。薛敏停下了活，可印花却仍旧挥舞着镰刀，老马又去制止她。印花起身对老马说话的时候，薛敏又开始了收割。印花说："你要是敢踢我一下，我就用镰刀把你的腿割断了，晚上烤你的肉吃。"老马没有踢印花，但它踢了镰刀。印花把掉在麦田的镰刀拾起来，出手很快地割了一下马的前腿，它真的是老了，立刻就瘫在麦田上。它的腿渐渐渗出血来，血染红了刚倒伏下来的麦子。

薛敏见老马倒下了，就唱起了歌。她的歌声刚落下，鸟飞来了，它们也唱起了歌。老马却再也站不起来了，它听着"刷——刷刷——刷刷刷"的割麦声，眼泪就像露水一样滚滚而下。

当夜薛敏和印花吃过饭后，仍觉得不尽兴，她们就点起火来烧麦子吃。新鲜的麦子实在香极了，吃得她们忘乎所以。印花问母亲，要不要把这老马宰了，反正它也是个死，看着它流血的样子，实在是可怜。薛敏说："它休想死得痛快！他们家欠我们的太多了！"

"它是马，不是人！"印花说。

"它在别人家是马，在他家就是人！"薛敏高叫着。老马就这样听了三天的割麦声，然后平静地死了。当薛敏和印花打算着剥下它的皮，剔点好肉来烤着吃的时候，王木匠骑着马出现在二道河子。他说是来捕鱼的。他见薛敏正要剥马皮，就劝阻说："你要了他们的麦子也就算了吧，这马是他们最稀罕的牲畜，不如囫囵个地还给他们。"

薛敏不愿意在卖掉麦子前惹麻烦，就听从了王木匠的建议。王木匠挖了个坑，把老马埋葬在老头老太婆身旁。谁也不会想到，这三座隆起的坟中，有一座坟是马的。

麦子将要收割完毕的一个黄昏，薛敏提前到窝棚里做饭，印花说她还要再割一会儿。天将黑的时候，薛敏做好了饭，她正要去喊印花吃饭的时候，印花回来了。虽然天光暗淡，但薛敏还是看到女儿走得趔趔趄趄的。她想她一定是累到极点了。待她到了近前，薛敏才感觉女儿出了事，她的头发散了，衣服被撕烂了，脸上到处是泪痕。

“出了什么事了？”薛敏心慌意乱地问。

“有个人，他突然出现在麦田里，他强奸了我！”印花大哭着。

薛敏只觉天旋地转的，她支持不住地坐在了地上。印花说那人戴着黑色面罩，只露出眼睛、鼻子和嘴，她根本辨不清楚他的真实面貌。只感觉他很有力气，他的喘息很重，他的身体散发着马一样的气息。

“不会是他吧？”薛敏想，那老头的儿子就是一个浑身散发着马的气息的男人，可是他还待在监狱里呢。难道说他越狱了，或者是减刑出来了？如果不是他，又能是谁呢？

“我恨这些麦子！”印花边哭边控诉着。

“这件事，你就当没有发生过，跟谁也不许说！”薛敏拍着腿大哭着说，“就当是鬼把你给强奸了！”

她们哭了一刻，又如往常一样地吃饭了。第二天早晨，她们把余下的麦子都割完了。她们坐在光秃秃的麦田里，垂头看着已经钝了的镰刀。

2003 年

采浆果的人

金井的山峦，就是大鲁二鲁的日历。

雪让山峦穿上白衫时，他们拉着爬犁去拾烧柴；暖风使山峦披上嫩绿的轻纱时，他们赶紧下田播种；山峦一层一层地由嫩绿变得翠绿、墨绿时，他们顶着炽热的太阳，在田间打垄、间苗、锄草和追肥；而当银光闪闪的霜充当了染匠，给山峦罩上一件五彩的花衣时，他们就开始秋收了。

金井是个小农庄，只有十来户人家。土地是他们的命根子。从来没有事情能阻止得了秋收，但今年例外，一个收浆果的人来了。

秋收刚刚开始，一辆天蓝色的卡车摇摇摆摆地开到了金井。这一带的路坑坑洼洼的，所以这辆车虽然不少一只轮子，可走起来还是像个瘸子。

车主是个中年汉子，高个，方脸，小眼睛，大嘴巴，面色红润，说起话来神采飞扬的，一看就是走南闯北、见过世面的人。

卡车上装着十来只空坛子。

听说他是收浆果来的，金井人就嘲笑他：“哪有秋后收浆果的？早过了时候了！”

车主说：“要的就是这种过了时候的浆果！你们没听说过吗，头茬的韭菜二茬的姨娘是最鲜的，我再给它加一条，就是最后一茬的浆果醉人心！”

车主倒是没说错，盛夏时就熟了的浆果，如果无人采摘，在其熟得不能再熟的时候，就兀自静悄悄地坠到林地上，无声无息地被雨水沤烂了。而还零星挂在枝头的浆果，无外乎两种命运，要么因为花开得晚、果做得迟而熟在了秋风中；要么就是熟得绽裂了，流出了体内一部分汁液，减轻了自身的分量，没了落到地上的危险，而风和阳光的照拂又使它们风干了，成为幸存于枝头的另一类。这两种浆果被霜一打，甜得醉人，不过它们稀少得就像这个时令的蚂蚱。

车主开出每种浆果的收购价格后，从怀中掏出两摞钱来，夹在指间，指它们当竹板一样敲打着，以说书人的口吻说：“话说这秋菜要是晚收一天它待在土里也飞不了，可是这浆果要是晚采一天，拿现钱的就是别的人了！人家的男人拿钱买酒你喝白水，人家的女人拿钱买织锦缎子你穿粗布，你说这浆果采得采不得?!”

他这一番吆喝，让秋收的人们扔下了手中的镐、铁齿、镰刀、耙子等农具。他们纷纷回家拿起形形色色的容器，奔向森林河谷，采摘浆果，仿佛牧羊人在寻找失了群的羊。

以往采浆果的都是女人和孩子，男人是绝不伸手的。可现在男人也来了，谁不愿意多赚几个酒钱呢！

浆果与人一样，也是有秉性的。喜静的，生长在河谷和阴沟里，比如山丁子、稠李子和水葡萄。而爱热闹的，则热情奔放地散布在植被丰厚的森林中，如都柿、野草莓、马林果和牙各答等。野草莓和马林果是春末夏初就熟的浆果，所以如今在林中只偶尔可见它们已经萎黄了的叶片，果实却已是去了另一个世界的佳人——芳踪难觅了。在这些仅存的浆果中，最好采的是牙各答，它们不仅数量为众，耐寒的它们肌肤仍然光亮、饱满着，在其喜欢生长的林地缓坡或者是透出腐烂气息的松树的根部，你很容易就能在一片浓密匍匐着的墨绿色的卵形叶片中，觑见它们红艳艳的笑影。有经验的人，会一铲一铲地连叶带果地将其收在铁撮子中，然后簸掉叶子，使果实匀密地沉淀下来。都柿果呢，它不像山丁子和稠李子结在树上，让人直着身仰着头舒舒服服就能采，矮棵的它们逼着人必须弯下腰才能摘到果实，那些一弯腰就爱眩晕的人当然要骂它们了，他们骂得五花八门的，譬如“小贱种”、“小娼妇”、“小混蛋”，可见他们也是把浆果当人看待了。

第一天收购上来的浆果，牙各答居多，其次是山丁子和都柿。收浆果的人果然没有食言，每个采浆果的人都领到了数目不等的现钱，平均下来，每户有三四十块呢，这对于金井的农民来说，不啻在荒野中捡到了巨大的银锭，他们兴奋得像久违了青草的一群羊，因为他们从没有在一天之中拿到这么多的现钱。以往来收购浆果或者秋菜的人，多是乡里派来的，给他们打的大都是白条子。白条子是钱的凭据，但它不能当钱使，就是一纸谎言，它不能买柴米油盐、烟酒糖茶，几年下来，金井人学精了，他们绝不做不给现钱的买卖。

由于开心，金井人家这一天的晚饭也就较往日要隆重些——无外乎在桌上添了一碗酱豆腐，一碟腌牛肉；再奢侈的，烙一摞油汪汪的葱花饼，炒上满满一盘的鸡蛋。男人们自然要温一点酒来喝的，女人呢，心目中已然出现了绸缎的颜色和图案，它们如朝霞一样浸湿了她们的心，女人们在这个夜晚对待男人，自然也比平日多了几分温柔。

一年一度的秋收本来像根缜密坚实的绳子，可是那些小小的浆果汇集在一起，就化成了锐利无比的舌头，生生地把它给咬断了。

金井的男人中，有个比女人采浆果还要灵巧的人，他就是王一五。看看他那双手吧，手形秀气不说，那十指修长柔韧得连女人的手都自愧弗如。王一五不爱种地，但他是个农民，不种也得去种，他下田时脸上就总是挂着霜。农闲时，他喜欢把装着碎布头的包袱打开，用它们拼衣裳。他家没有缝纫机，一切都是手工操作。他飞针走线时气定神凝，什么事情也惊扰不了他。他做的衣裳，大约有上百件了吧，没一件是人能穿得了的，全都是小衣裳，只有巴掌那么大，看来只有精灵鬼怪才能穿。他老婆牛桂丽见他爱鼓捣这玩意儿，常把破了的衣裳和袜子扔给他，让他补，王一五就仿佛是受了羞辱似的，急赤白脸地将它们撇开，好像人穿的东西都是俗物，沾染不得。他也因此招来老婆一顿连着一顿的骂。他们有个儿子，十一岁了，可看上去只有七八岁那般大，瘦削枯黄得像棵秋天的狗尾巴草，人们都叫他“豆芽”。别的男孩拎一篮土豆能一路疾行，豆芽提着半篮就趔趔趄趄、气喘吁吁了。别的男孩敢下河摸鱼上树掏鸟窝，他却连自家养的狗都怕。王一五爱做小衣服，豆芽则喜欢用钢笔画画。他爱画花鸟虫鱼、房屋河流，他从来不画人，说是世上的人都是丑的，不能入画。他画了画，喜欢拈着它四处走，那样子就像举着一个招魂牌。所以牛桂丽骂她男人时，常把豆芽也捎带上，称他们是一大一小两个瘪了的猪尿脬。王一五和豆芽都喜欢采浆果，看他们进了林中如鱼得水的样子，金井人就不无挖苦地称他们是一双花蝴蝶。

不秋收了而去采浆果，王一五和豆芽开心极了，他们第一天就采了半瓦盆的牙各答和一大茶缸的都柿，所以他们家拿到的钱最多，快六十块呢。牛桂丽终于发现这爷俩儿的缺点在这时候成了优点，特意割了把韭菜，兑上些虾皮，包了顿饺子犒劳他们。

涂抹着金井秋天的，是一场接着一场的霜。初霜来时，山上的树叶会微微泛黄。而第二场、第三场霜降临后，树叶就有红的了。这时节你就可以秋收了。最先收的，是那些不禁霜的蔬菜，比如西葫芦、茄子、倭瓜和萝卜。接下来是土豆。最后呢，是比较禁霜的大头菜和白菜。其中土豆种植的面积最广，每家都要收获二三十麻袋，它们会被下到地窖里，成为漫漫长冬中人畜共用的主要食品。所以单单是起土豆，每户都要用上四五天的时间。一般来说，收完秋后，大地会上一场大冻，蓝天的颜色也会旧下去，变得灰蓝了，清冷的风把林中的落叶吹得狂舞的时候，雪花也就纷纷扬扬地来了，它们掩埋了秋日最后的绚丽，拉开了苍茫的长冬帷幕。

卡车就是收浆果的人的家，他吃住都在那里。卡车上不仅有煤油炉和锅碗瓢盆，挂面、罐头、调料也是应有尽有。他支起煤油炉美滋滋地为自己操持晚饭的时候，采浆果的人也就三三两两地回来了。他将收来的浆果分门别类地倒进坛子里，然后将钱一五一十地付给大家。这时节晚霞在西边的天际灿灿燃烧着，好像天也在生火做着晚饭。人们拿了钱，心满意足地回家了。收浆果的人吃过饭，会把炊具归置好，抽过几棵烟后，就钻进驾驶室睡了。

三天下来，金井人和收浆果的人混熟了，男人们晚饭后也就凑过来和他聊天。那人不吝惜自己的烟，挨个给大家发上一支。他们抽着烟，在瑟瑟秋风中讲着关于男女之事的笑话，快乐得如同过年。

大家出于好奇，免不得要问那人，花这么多钱收这晚秋的浆果给谁？那人说："这浆果可都是绿色食品！现如今有钱有势的人，睡小姐要'绿色'的，得是雏儿；吃果子自然也他妈的要'绿色'的了！"

金井人就糊涂了，小姐要是绿色的，那不成了妖怪吗？而且浆果不是红的，就是蓝的，怎么能说是绿色的呢？未成熟的青果才是绿色的呢。

大鲁二鲁是金井人中唯一还在秋收的人。他们是一对双胞胎兄妹，大鲁是男的，二鲁是女的。他们已是中年人了。他们的父母，也就是老鲁夫妇，是一对表兄妹，这使得他们生出的孩子言语木讷，思维迟钝，严重智障。大鲁二鲁自幼跟着老鲁夫妇学做各种农活，所以他们十几岁时，就是家中的主要劳力了。也许是男女有别的缘故，虽说他们是双胞胎，但大鲁二鲁在相貌上却并不完全一样。大鲁浓眉大眼，二鲁则细眉细眼的；但他们的鼻子和嘴巴长得很像，鼻子是扁的，嘴巴很宽，他们爱笑，永远合不拢嘴的样子，使嘴巴显得更大了。二鲁的唇角还有颗痣，她常常用小拇指抠它，好像它是只苍蝇，要把它拂走才是。可是这样的"苍蝇"无论如何是轰不走的。

老鲁夫妇几年前先后去世了。他们临终留给这对兄妹的遗言就两条：第一，不许睡在一起；第二，春天播完种，别忘了秋天下了霜就秋收。大鲁二鲁牢牢记住了这两点。他们不像其他人家喜欢用日历，金井的山峦，在他们眼里就是一个巨大的日历。翻动这日历的，就是风霜雨雪。当暖风让这日历透出隐隐的绿色时，他们就去播种了，而当秋霜将这日历点染得一派绚丽时，他们准时地去秋收了。

金井有个老女人，她男人在她三十岁时就瘫倒在炕上了，她既要侍候男人和当时只有六岁的女儿，又要独自种植大片的土地，她自此白了头发，人们就不叫她的本名了，而叫她“苍苍婆”。苍苍婆不像别的女人遭了难后终日以泪洗面、唉声叹气，她的头发全白了之后，她的心也仿佛一下子跟着变得光明了，她爱说爱笑了，学会了抽烟喝酒。有一个薄雾的傍晚，喝多了酒的她披散着白发在村中游走，撞见她的人都以为看到了鬼。女人们那时都不喜欢她，谁都知道她男人是个废物了，她们怕缺乏滋润的苍苍婆会偷她们男人身上的雨露。但苍苍婆并没有窃取男人身上雨露的意思，她大约也是不缺乏雨露的，她是金井的农妇中唯一热爱大雾和雨水的人。雨雾天气中别人都死气沉沉的，她却趣味盎然地在雾中雨中穿行，有时还放声歌唱着。她从不用雨衣，任雨水把她打湿，好像她是一条鱼，与水有着天然的亲缘关系。三十年过去了，苍苍婆的女儿已经嫁到乡里去了，她的男人却依然躺在炕上靠着苍苍婆的服侍而活着。人们都说苍苍婆心眼好，换作别的女人，少侍候他几天，他也就一命呜呼了，谁又会追究她的责任呢？苍苍婆彻底老了，以前她只是白着头发，脸颊却是饱满光洁的，如今她的脸颊塌陷了，眼角的皱纹密密麻麻的，嘴也微微瘪了，但她的眼睛，却没有老年人的那种浑浊，依然那么明亮，清澈逼人，好像她的眼底浸着一汪泪，使她的眼睛永远湿润而明净。

苍苍婆平素爱逗大鲁二鲁，她常说的一句话是："大鲁二鲁一个被窝睡吧，生出个小鲁，让苍苍婆当羊乖乖搂着！"

大鲁正言厉色地回答："爸妈死前嘱咐了，大鲁二鲁是不能睡在一块的！"大鲁从不称自己为"我"，而是"大鲁"；二鲁也是这样，她朝别人家借农具不说"我要借镐"，而是说"二鲁借把镐"。他们强调着自己的姓名，似乎提醒金井的人，不要漠视他们的存在。而事实上他们的名与姓被大家叫颠倒了，他们的户口上明明报的是"鲁大"、"鲁二"，老鲁夫妇包括其他人却都叫他们大鲁二鲁，叫顺嘴了，他们也就在不经意间把姓给挪到名字的尾巴上了——那也就成了名，致使他们好像没姓了似的。

苍苍婆只要见着二鲁，就把目光放在她的肚子上，仔仔细细地打量一番，末了总要叹口气，说："你这肚子里还真是没有小鲁啊。"听上去分外惋惜的样子。在她眼中，大鲁二鲁是这村中最可爱的人，老鲁夫妇丢给金井的，不是一对弱智的孤儿，而是两只美丽温和的鸟。她想大鲁不会娶上媳妇，二鲁也不可能嫁出去，他们索性一处睡算了，大不了就生出个小鲁来，金井不又多了只快乐的小鸟吗？

二鲁见苍苍婆盯着她的肚子看，就说："二鲁没饿着！"二鲁笑着，笑得格外的明媚。

苍苍婆说："我是想看里面有没有小鲁！"

二鲁似懂非懂地说："只有大鲁二鲁，没有小鲁！"

金井人常把这些话当作田间地头的笑谈和晚饭后的闲聊。这样的话题对男人来说是饭后的一支烟，而对女人来说是渴极时的一杯凉茶。

采了三天浆果的苍苍婆终于想到该叫大鲁二鲁也去挣点现钱，这样的好事把他们落下了，叫她心里不忍。苍苍婆就在这天晚饭后摇摇晃晃地去大鲁二鲁家了。

大鲁二鲁收了一天的萝卜，趁着天还有微微的亮光，将它们一筐筐地下到菜窖里。

满嘴酒气的苍苍婆亢奋地叫道："大鲁二鲁，别秋收了，采浆果去吧，能拿现钱！大鲁过年时就能买新鞋穿了，二鲁也能买件花衣裳了！"

大鲁二鲁没有日历，所以他们常常错过一些节日，比如端午节和中秋节。但春节是不会从他们眼皮底下溜掉的，因为除夕的早晨便有鞭炮声响起，入夜时家家门前又都有点燃的冰灯。他们过年不像别人家，瓜果糖茶都要买些，而且人人都穿着簇新的衣裳。他们永远都穿着旧衣裳，只不过晚上时包一顿饺子吃而已。当然，他们也会冻上两座冰灯，一左一右地摆在门口，让它们充当暗夜的一双眼睛。

大鲁说："苍苍婆，爸妈死前告诉大鲁了，下了霜就秋收，大鲁都点了头了！”

二鲁也说：“春天撒了种，秋天就得收庄稼，二鲁也记着呢！”

苍苍婆说：“你们真是一对傻瓜，这天晌晴晌晴着呢，晚个十天八天秋收，你种到土里的东西也不能长翅膀飞了；可你要是不采浆果，就得不到现钱，等你们收完秋去采，收浆果的人早就走了，你们一分钱也挣不到！”

大鲁二鲁不为所动，在他们看来，秋收才是天经地义的事。他们喂了两头猪、四只鹅和十几只鸡，家畜们一个冬天吃的东西全靠这些秋菜，这不像植物生长的季节，你把它们撒出去放养，它们总能找到吃的。冬天的金井，永远被厚厚的积雪覆盖着，雪粒就是再像白米的话，也不能当粮食吃啊。

没有劝动大鲁二鲁，苍苍婆只能摇头叹息。以前她不认为他们傻，这一刻她认定他们的脑袋里灌了猪屎，实在是臭！

苍苍婆离开大鲁二鲁家时，抬头看了一下天，她发现星星出来了，一个个跟刚出壳的鸡雏似的，毛茸茸、黄莹莹的，新鲜而可爱极了，看来明天又是一个大晴天。苍苍婆认定星星都有点化尘世当中愚钝的人的神力，她就求助于一颗最亮的星星，指点着它说：“今晚给大鲁二鲁开开窍吧。”说完，她才略觉心安，想着明天又可有钱揣进口袋，不由得哼起了小曲。或许是酒的作用，或许是年纪大了腿脚不那么灵便了，走着走着，苍苍婆忽然跌倒在地。她本来能立刻就爬起来的，可她躺倒后，发现夜空中镶嵌的星星就像一床蓝地黄花的缎子被盖在她身上，令她无比陶醉，她就索性多躺了一会儿，然后缓缓爬起来，朝家走去。想着家中暗淡的灯影下，有一个几近骷髅的老男人的脸等着她擦拭，苍苍婆的泪水就像一群奔着光明而来的飞蛾，扑了她一脸。

天刚亮，曹大平夫妇就提着竹篮出了家门。他们昨天发现了一片隐藏在河谷转弯处的山丁子，显然那里无人涉足，树上垂吊的果子比别的地带的要多得多，他们想独享这片果实，所以早早就出发了。他们快接近河谷时频频回头张望，生怕有人跟上他们。人没跟上他们，倒是他们家的狗跟来了。曹大平停住，回头呵斥狗："滚回家看门去！"那狗脸皮薄，挨了骂后一缩头，夹着尾巴回家了。

太阳出来了，阳光充满了活力，它从树梢穿下来，一直照到地面的落叶和枯草，好像它的光芒能刺透泥土，使它们能像种子一样埋到土里去。如果阳光变成了种子，大约人间一年四季都是春天了。

曹大平夫妇的心情跟阳光一样明朗。他们边采山丁子边计划卖浆果的钱的用途。男人说要买一个电动刮胡刀，他的胡子长得快，每周都要刮两三次。用人工的刮胡刀常常失手，弄得下巴上旧的伤痕未去又添新痕。女人笑着说："你的胡子要是麦子就好了，那样我给你买个金子的刮胡刀也值得！"曹大平"呸"了女人一口，说："我的脸要是能长出麦子的话，也轮不到你做我老婆了，我起码要找个比你嫩十岁的！”女人说：“你找个比你小四十岁的多好，连带着把她的奶娘也收了房！”他们互相打趣着，男人又说要买一坛黄酒和一顶山羊绒帽子，女人的主意变得快，刚说完要买花头巾，想着家里的菜刀钝得磨不出锋刃了，就说买菜刀，一想到菜刀还能对付着使，又想添一条毛料裤子了。说来说去，他们想买的东西足可以开个杂货店了。两个人就嘲笑自己不切实际的支出，说到底还是钱好啊，钱多了，可以随心所欲买东西，他们羡慕那个收浆果的人，他是多么有钱啊。

曹大平说：“他收的浆果可能是给当官的送礼，没听他说吗，有钱有势的人喜欢吃这个！”

女人说：“也没准是给他相好的收的呢，他在外出车，挣钱挣多了，不花心才怪呢！赶上那个女人得意这口，他能不舍得花钱吗？”女人说完，又灵感袭来似的“哎哟”叫了一声，说：“兴许那女人都‘有了’，怀孕的人最爱吃它了，你记不记得我怀咱家老二时，一捧一捧地吃浆果也吃不够！”

他们边说边采着山丁子，不知不觉中，太阳已经遨游到中天了。这岸的果实已经采尽，他们就着咸菜疙瘩分别啃了个凉馒头，打算渡过青鱼河，对岸有一片茂密的透着隐隐红光的山丁子树，说明挂在枝头的果实仍然可观。

青鱼河不是流经金井唯一的河流，但它却是最宽的。这河水流急，深不可测，因而很少有人在夏秋之时到对岸采浆果。

一般来说，青鱼河被寒风冻僵了之后，才会有人拉着爬犁从它身上走过，去柳树丛中拾捡干枯的枝条当柴烧。

曹大平夫妇决定涉水渡河，也是想把还有富余的竹篮给装满了。他们折下一根山丁子的枝干，一方面用它当拐棍，一方面用它来试探水的深度。虽然天已经凉了，但他们还是脱下了外裤和绒裤，把它们搭在肩头，光着腿下河。他们怕把裤子打湿了，秋日的阳光一时半会儿晒不干它。曹大平左手提着树枝在前，他老婆右手挎着竹篮在后，男人的右手和女人的左手十指相扣地紧紧地攥在一起，他们侧身而行，以削弱水流的强度。

河水凉得他们直打寒战，好像它是刚由冰块融化开来的水流。但见河床上阳光飘舞，可是他们却感觉不到温暖之气，想来秋日的阳光早已没了火力了。开始他们还能忍受得住，随着河心的临近，水涨到他们腰际了，水流的冲击力加强了，他们有些站不稳，但他们咬着牙，互相鼓励，坚持着，虽然他们不敢张望对岸的果实，但他们知道它离他们越来越近了。曹大平拄着的树枝，被河水吞吃得越来越多，裸露在水面上的，只有筷子那么长了。突然，曹大平的腿抽筋了，他栽歪了一下身子，水花就扬起巴掌，劈头盖脸地朝他打来，他呻吟着，惊恐地看着白花花的水欢笑着从脖颈下跃过。幸而曹大平的女人比他高半头，又健硕，她紧紧地拉住丈夫不撒手，尽管她也栽歪了身子，而且挎着的竹篮像个顽皮的孩子似的，趁机从她胳膊肘那儿溜走了。

装着果实的竹篮最初跌入水中时，自身的重量使它充当了石头的角色，沉入了水底。但是很快，水流掏空了那些落花般的果实，竹篮又浮出水面。它被激流推动着，像个小脚女人，摇摇摆摆地向下游去了。曹大平夫妇的衣衫也被水打湿了，他们赶紧向回返，相互搀扶着哆哆嗦嗦地回到岸边。上岸后，曹大平才发现搭在肩头的裤子不见了，他想一定是他在水中挣扎时，裤子充当了叛徒，从他肩头跳下来逃跑了。女人把自己的外裤分给他穿，而她自己，只得穿那条紫红色的绒裤了。他们坐在河滩上，一个接着一个地打着寒战，想着青鱼河要真的是一条大青鱼就好了，他们会从家里拿来斧头，把它砍得血肉横飞、断肢解体。女人想着不但没有渡过河去，而且一上午的成果付诸东流，忍不住哭了。曹大平一开始忍着，但他想起今天不但赚不到一分钱，而且装干粮的竹篮和自己的裤子也被河水卷走了，备觉凄凉，他也跟着落下泪来。他们很委屈地离开河岸，踉踉跄跄地朝家走去。

曹大平一回去就发烧了，他的女人忧愁地在灶间把风干的姜捣碎，为他煮姜汤时，那条遭到呵斥的狗满怀怜爱地凑过来，用它湿漉漉的舌头舔着主人滚烫的脸颊，曹大平又一次落泪了，他觉得自己捡了一条命。他憎恨青鱼河，憎恨河对岸的果实，憎恨手中握着大把大把钱的收浆果的人，他对狗说："我就是没有炸药包，要不给你绑上，你把那卡车给我引爆了，把那些盛浆果的坛子炸他妈个稀里哗啦的!”狗没有迎合他的话，仍然舔着他的脸，倒是蹲在灶前续柴火的他的妻子，听了这话后满面凄苦地笑了。

晴朗已经持续了一周，收浆果的人带来的那些空坛子，有五只已经是满的了。他花了二十元钱，在李占前家捉了只活鸡宰了，用柴油炉炖了整整一个下午，满村子都飘拂着鸡汤的香味，弄得那些饥肠辘辘的采浆果归来的人口水涟涟。这人倒也不贪嘴，让姓张的尝口汤，给姓李的分条腿，又撕给姓王的一只翅膀，很快，一只鸡就没了踪影。那些尝了鸡肉却没有尽兴的人，回家后看着鸡鸭鹅狗时难免露出觊觎的眼神，吓得家畜们不敢靠近主人，唯恐刀落在自己的脖子上。

苍苍婆爱采的浆果，只是都柿。在她眼中，能让人醉的果实才有人性。稠李子、山丁子尽管也酸甜可口，却没有享用都柿的那种迷醉感，苍苍婆就觉得这样的果实太贫乏了。

都柿确实奇怪，你若是吃上一捧两捧也没什么，但若是吃上一海碗，目光就会发飘，腿也软了。据说当年森调队员勘察森林，看到那一片片碧蓝饱满的果实，吃起来甜中带酸，酸中又透着甜，十分解渴，就大把大把地往嘴里扔，结果吃得一个个醉倒在地，险些成了狼口中的食物。七八月间，都柿熟了的时候，外地收购它的人就来了，收它都是为了酿酒。不过那价格低极了，四五毛钱一斤，你顶着烈日的烘烤和蚊虫的叮咬，一天中采了满满一桶，不过挣个十块八块的。

苍苍婆因为贪吃都柿，醉过已不知多少次了。她年轻的时候，那时她男人还生龙活虎着，有一回她进山采都柿，回来时篮子却是空的，而她自己的嘴唇，却已被这浆果染成黑紫色，好像她的唇上落着只紫蝴蝶。她见了人只是痴痴地笑，你无论问她什么话，她只是拖着长腔软绵绵地说："美——啊——"她是把自己的肚子当作篮子，将都柿全都采到那里去了。她的肚子也因此成了酒窖，从口腔散发出浓郁的酒香气。苍苍婆的男人嫌她醉成这样给自己丢人，很少让她去采都柿。但你又怎么能管得住她呢？有一年的八月，金井接连下了几场雨，雨水会催发菌类植物的生长，苍苍婆对她男人说，她要去采木耳，男人就让她去了。可是她早晨出去，黄昏了也没回来。她男人心焦了，约了两个男人，提着马灯进山找她。天黑了，月亮起来了，除了猫头鹰之外，林中的鸟儿也歇息了。他们左一声右一声地呼唤她的名字，可就是没有回应。最后还是苍苍婆的男人醒悟过来，她别是打着采木耳的旗号，又偷偷吃都柿去了，因而无声无息地醉在了山里。于是他们开始在生长着都柿秧的地方寻找她。后半夜时，果然在一片茂盛的都柿丛中发现了她。月光照映着她，给她酣睡的脸涂上一层宁静安详的白光。她背囊里只有一小捧湿漉漉颤巍巍的黑木耳，嘴唇已然被都柿染得一派青紫。她的衣裳还被扯开了一道口子，没有穿背心的她露出一只乳房，那乳房在月光下就像开在她胸脯上的一朵白色芍药花，简直要把她的男人气疯了。他把她踢醒，骂她是孤魂野鬼托生的，干脆永远睡在山里算了。她被背回家，第二天彻底清醒后，还纳闷自己好端端的衣裳怎么被撕裂了一道口子？难道风喜欢她的乳房，撕开了它？她满怀狐疑地补衣裳的时候，从那条豁口中抖搂出几根毛发，是黑色的，有些硬，她男人认出那是黑熊的毛发。看来她醉倒之后，黑熊光顾过她，但没舍得吃她，只是轻轻给她的衣裳留下一道赤痕。一般的女人会为此后怕不已，可苍苍婆却笑着说："黑熊见了我的奶子都不肯吃一口，看来它是没什么趣味的！"但事实上，据那些知情而饶舌的女人讲，苍苍婆是个性欲高亢的女人，这也就是为什么当她的男人瘫倒之后，女人们严加防范她勾引自家男人的一个缘由。她们私下诋毁苍苍婆，说她男人身上的精血过早被苍苍婆给吸干了，她遭了报应，所以才会正值好年华时守活寡。每当苍苍婆喝多了酒四处游荡，口中哼着小曲的时候，女人们就幸灾乐祸地说，瞧，她这是想男人了，老天让最馋的猫沾不到腥，真是长眼！

苍苍婆就在金井女人们的敌意目光下一直走向了垂暮之年。看着已经失去水分而逐渐变得像一条风干了的鱼的她，女人们看待她的目光变得温和了。

开始的几天，苍苍婆还像规规矩矩的小学生一样，在林中认认真真地采上一天的都柿，黄昏时一本正经地将它交给收浆果的人，换来几十块钱。可是接下来的日子，当她独自在林中垂下老迈的腰，手指触及到皱纹累累的已经蔫软的都柿的时候，她的心凄凉了，想着果实老了还有人寻觅，女人老了却是无人问津。她尝了一粒都柿，真是甜极了，这甜让她更觉凄凉，想着老果子甘美异常，而老女人就像一条干涸的河流，再无人涉足了，苍苍婆就很想喝上一碗酒，抑制一下满腔的悲凉。山上没酒，她自然把采来的都柿当酒吃，竟一发而不可收，吃空了盛都柿的盆子。苍苍婆意犹未尽，索性直接把刚采到手里的果实丢进嘴里。秋天的阳光雪亮而干爽，像是一把刚晾晒好的麻线，无处不在地缠绕着她，让她有纳鞋底的欲望。苍苍婆在林中穿行的时候，一些干枯的树叶就被摇晃下来了，它们有的落到她的头上，有的则滑过她的肩头，回归大地。苍苍婆披散着的干涩而苍白的头发上，就有了火红的鹅掌形的榛树叶，心形的金黄色的杨树叶，当然更多的，是那些像针一样细而短小的松树的针叶。它们簇拥在苍苍婆的头上，像是一群色彩明丽的鸟落在了雪野上。

这天晚上苍苍婆是紫着嘴唇回到金井的，一看她那逍遥的步态，人们就知道她犯了年轻时的老毛病了。她将空盆子当草帽一样提着，并且不时晃悠两下，像个调皮的少女。她的气力不比从前了，所以即使她哼着小曲，人们也听不清是什么，跟蚊子哼哼没什么两样。她刚进村子，就碰见了拉着手推车从田地归来的大鲁二鲁，车上堆着七八麻袋的土豆。大鲁肩上挎着绳子在前拉，二鲁则在车尾推车。他们的脸被泥土和汗水弄成了花脸。

大鲁二鲁见了苍苍婆，停下车来，等着一贯爱跟他们说话的苍苍婆问他们话，也顺便歇口气。

苍苍婆晃晃悠悠地走过来，她先是用手中的空盆打了一下装满了土豆的麻袋，骂：“都是你们不懂事，你们就那么傻啊，非让大鲁二鲁把你们从土里起出来，要不他们进山采浆果，能挣多少钱啊！”接着，她又用空盆打了一下大鲁的胳膊，骂：“死心眼儿，就知道笑！”大鲁确实笑着，笑得就像刚从乌云中钻出来的太阳。二鲁不等苍苍婆吆喝她，主动从车尾走到苍苍婆面前，苍苍婆依旧用空盆打了一下二鲁，打在她的肚子上，嚷着：“我算是抱不上小鲁了！”二鲁笑得更欢了。

苍苍婆就在大鲁二鲁的笑声中叹息着走开了。她没有回家，而是去了收浆果的地方。她看着那辆卡车，说它是只铁鸟。收浆果的人跟她已经熟了，他逗提着空盆子的苍苍婆：“你采的果子哪儿去了呀，是不是都让狐狸给偷吃了？”苍苍婆哈哈笑了，她不无得意地用左手的二拇指点着自己的鼻尖说：“让这只老狐狸给吃了！”

牛桂丽正领着豆芽等着给浆果估价，她说苍苍婆：“你又偷吃都柿了？醉了吧？”

苍苍婆绷着脸说：“我采的我吃了，怎么是偷？”

豆芽插话说：“人家说你过去吃醉了都柿，差点没让熊给舔了，你不怕死？”

苍苍婆啐了一口唾沫说：“我还怕死？我乐意死，可我死不了！我想着死后变成个小人，到时你爸给鬼精灵做的那些小衣裳就能派上用场了！”

豆芽嘻嘻笑了，说：“苍苍婆要是能穿上我爸做的那些小衣裳，我用巴掌就能托着你了！”

苍苍婆对豆芽说：“人长得不大，心眼儿倒是不少！”

牛桂丽最忌讳别人说豆芽长得小，苍苍婆的话令她不快，她说：“人小人大有什么，人活着，身上的零件都管用就行呗！”

牛桂丽这是影射苍苍婆那不中用的男人呢。苍苍婆听出了弦外之音，但她故作糊涂着，问收浆果的人，哪几个坛子还空着？那人笑着说：“苍苍婆，牙各答和山丁子都收足了，就等您的都柿呢！您看来是不缺钱用啊，全都自己享受了！”

这时候又有三个采浆果的人回来了，一个说撞见蛇了，一个说看见了一种从未见过的鸟，它发出的叫声像小孩子的哭声。另一个嘟囔着倒霉，眼皮被蚊子叮肿了不说，半新的裤子还被树枝划了道口子。可是当他们拿了钱后，谁也不发牢骚了，他们带着喜悦回家，走前都满怀同情地看着一无所获、佝偻着腰渐行渐远的苍苍婆。收浆果的人为了安慰她，曾丢给她一张十元钞票，让她买酒，苍苍婆捡起钞票，运足一口气，又把它吹回地上，苍苍婆说：“钱是什么，不就是一张落叶吗？蚂蚁合伙举过落叶，这样的叶子它们没见过，留着给蚂蚁们举着玩，当遮阳伞使吧！”说完，她就一摇一摆地走了。

“这个苍苍婆，倒清高！”收浆果的人看着她苍老的背影说。

牛桂丽吩咐豆芽把那十块钱捡起来还给收浆果的人，她以为他会顺水推舟地送给豆芽。谁知豆芽举着钱还给主人时，那人竟接了过去，揣进口袋，就像一个旅人揣上一张煎饼一样自然。牛桂丽扯着豆芽回家时就有些不快，她嫌豆芽没有叫那人一声“叔叔”，没有冲人家笑，十块钱自然就不会送他了。牛桂丽一旦把责任归咎于豆芽身上，对他的火气也就一路升级，到了家门口时，朝他的屁股狠狠踢了几脚，骂他：“蠢猪！”豆芽不禁踢，他倒在地上，像球一样滚了两下，滚出一串屁来，牛桂丽听到屁声气上加气，她说：“你还说饿呢，肚子瘪的人怎么有屁放呢，我看你就别吃晚饭了！”

苍苍婆连着四天空手而归了。想必她进山时还是下决心要采回都柿的，她没忘了带盆子，可她回来时盆子仍是空的，可见她禁不住诱惑，又让自己的肚子充当了都柿的容器了。中止了浆果采摘的，除了苍苍婆，还有曹大平夫妇。曹大平一直病在炕上，他发烧时胡话连篇，一会儿说家里的炕洞里钻进了一只绿眼睛的狼，一会儿又说星星掉下来，砸漏了他家的屋顶。他清醒的时候，就一瓢接一瓢地喝水，喝完水总要骂一句“小妈养的青鱼河”，复又虚弱地倒在炕上昏睡。曹大平的女人唉声叹气的，男人的病像一只无形的手，拖住了她的腿。她既不能采浆果，又不能去秋收，只能守着他。

大鲁二鲁刨完了土豆，又砍了白菜和大头菜，把它们运回来，腌了两缸酸菜和一缸咸菜，然后把余下的菜下到窖里。之后，他们把遗落在地里的菜帮也捡起来，装进麻袋，拉回家堆在仓房旁，作为猪饲料。最后，他们踏着更浓重的霜，去了大草甸子，夏天时大鲁打了一些猪草，早已晾干了，他们用绳子把猪草背回来。干草在他们背上散发着一股淡淡的香气，让他们觉得背着的不是草，而是戴着花环的小女孩。

就在大鲁二鲁扛回猪草的那个夜晚，天空悄然凝聚了一团又一团的乌云，星星和月亮全然不见了。乌云越聚越多，夜色浓重，气温骤降，雪花就像一位端庄、美艳、率性的公主，没有跟任何人打招呼，就乘着冬天的雪橇来了。金井人没人注意到下雪了，因为雪是在夜里来的，在森林河谷中奔波了一天的采浆果的人，都沉浸在梦乡中了。

雪越下越大，到了清晨，雪深几近两尺。当金井的主妇们推开家门抱柴生火时，发现世界已改变了颜色。雪没有停的意思，仍然漫天飘舞着。女人们慌慌张张进屋喊起了丈夫，又吆喝起了孩子，他们纷纷奔到窗前，看着苍茫的大地，一个个目瞪口呆。

金井人一年的收获，就这么掩埋在大雪之下了。大地彻底地封冻了。

人们脸上满是凄苦的表情。有的女人甚至扑倒在雪地上哭了起来，哭他们的土豆、白菜和红红的萝卜，好端端地就被冬天给糟践了。他们冬天吃什么？他们的牲畜和家禽吃什么？他们觉得上了收浆果的人的当，纷纷走出家门，不约而同地朝卡车停放地走去。哪里还有什么卡车的影子，它早已不见了，村路上连个车辙都没留下，可见他是在雪花到来前就走了。想着卡车上那些装载着浆果的坛子，金井人恨不能戳瞎自己的眼睛。他们认定这辆卡车是魔鬼变成的。

卡车曾经停留的地方聚集的人越来越多，王一五一家也来了。豆芽跟在父母身后，手里捏着一张纸，纸上画着一个年轻的女人，她披散着长发，有着狐狸一样秀丽的脸庞，唇角漾着笑意，眼睛明亮极了，所有在场的人都认出那是年轻时的苍苍婆。豆芽并没有见过那时的苍苍婆，那时他还没出生呢，可他却逼真地画出了旧时光中的苍苍婆，让所有见着这画片的人都大吃一惊。这个声称人都是丑的、绝不能让人入画的孩子，终于画了一个人。大人们默不作声地垂立在风雪中，在他们眼里，豆芽提着的就是一幅女人青春的遗像。

只有苍苍婆没有来到卡车平素停靠的地方。不是她没出家门，她出来了，到大鲁二鲁家去了。她站在他们的院门前，隔着白桦木栅栏，望着这户唯一收获了庄稼的人家，想着这个冬天只有他们家是殷实的，她的心中先是涌起一股苍凉，接着是羡慕，最后便是弥漫开来的温暖和欣慰。

二鲁推开屋门，她出来抱柴火了。大鲁也出来了，尽管雪仍在下，他还是拿起扫帚清理积雪了。他们抬头眺望着远处金井的山峦，看着昨天还是花花绿绿的日历，今天就突然变成了白的，他们相视而笑了。

苍苍婆注意到，二鲁的脖颈上有一圈火红的东西。虽然离着很远，无法仔细辨别，但她知道那一定是串野刺莓。金井的女孩，最喜爱串这样的项链来戴。野刺莓多生长在田间的高岗上，它们春天开花，夏季结果。到了秋天，它们的果实就风干了，像是一粒粒火红的珠子。看来在秋收的间隙，大鲁二鲁也采了浆果。只不过他们只采了很少的一种，并且为它们做了最美的镶嵌。

2004 年

一坛猪油

一九五六年吧，我三十来岁，已经是三个孩子的妈妈了。上头的两个是儿子，一个九岁，一个六岁。老小是个丫头，三岁，还得抱在怀里。

那年初夏的一个日子，我在河源老家正喂猪呢，乡邮员送来一封信，是俺男人老潘写来的，说是组织上给了笔安家费，林业工人可以带家属了。他让我把家里的东西处理一下，带着孩子投奔他去。

老潘打小没爹没娘，他有个弟弟，也在河源。那时家里没值钱的东西，我把被褥、枕头、窗帘、桌椅、锅铲、水瓢、油灯统统给了他。猪被我贱卖了，做路费；房子呢，歪歪斜斜的两间泥屋，很难出手。我正急着，村头的霍大眼找上门来了。霍大眼是个屠夫，家里富裕，他跟我说，他想要这房子做屠宰场，问我用一坛猪油换房子行不？见我犹豫，他就说老潘待的大兴安岭他听人说过，一年有多半年是冬天，除了盐水煮黄豆就没别的吃的，难见荤腥。他这一说，我活心了，跟着他去看那坛猪油。

那是个雪青色的坛子，上着釉，亮闪闪的。先不说里面盛的东西，单说外表，我一眼就喜欢上了。我见过的坛子，不是紫檀色的就是姜黄色的，乌涂涂的，敦实耐用，但不受看。这只坛子呢，天生就带着股勾魂儿的劲儿，不仅颜色和光泽漂亮，身形也是美的。它有一尺来高，两拃来宽，肚子微微凸着，像是女人怀孕四五个月的样子。它的勒口是明黄色的，就像戴着个金项圈，喜气洋洋的。我还没看坛子里的猪油，就对霍大眼说，我乐意用它换房子。

我掀开坛子的盖儿，闻到了一股浓浓的油香，只有新榨出的猪油才会有这么冲的香气啊。再看那油，它竟然灌满了坛子，不像我想的，只有多半坛。那一坛猪油少说也有二十斤啊。猪油雪白雪白的，细腻极了，但我还是怕霍大眼把好油注在上面，下面凝结的却是油渣。我找来一截高粱秆，想探个虚实。我把高粱秆插进猪油的时候，霍大眼在一旁叹着气。我插得很慢，高粱秆进入得很顺畅，一直到底，些微阻碍都没有，说明这油是没杂质的。我抽出高粱秆来的时候，霍大眼说，这坛猪油是新炼的，用了两头猪上好的板油，他嘱咐我不能把猪油送给别人吃，谁想舀个一勺两勺也不行，一定要自己留着，因为这坛猪油他是专为我准备的。他说我若给了不相识的人吃，等于糟践了他的心意。我答应着，搬起这坛猪油出了院子。

我领着仨孩子上路了。那时老大能帮着干活了，我就让他背着四只碗、一把筷子、五斤小米和一个铝皮闷罐。老二呢，我也没让他闲着，他提着两罐咸菜和一摞玉米饼子。我编了一个很大的柳条篓，把我和孩子的衣服放在下面，然后让老三坐在上面，这样我等于背了衣服又背了孩子。我怀中抱着的，就是那个猪油坛子。

那是七月，正是雨季。临出发时，老潘的弟弟送了我一把油纸伞。我把它插在柳条篓里。老三在篓子里待得没意思时，就把它当甘蔗，啃个不停。

我们先是坐了两个钟头的马车，从河源到了林光火车站。在那儿等了三个钟头，天傍黑时，才上了开往嫩江的火车。那时往北边去的都是烧煤的小火车，它就像一头刚从泥里打完滚儿的毛驴，灰突突的。小火车都是两人座的，车上的人不多。别的旅客看我拖儿带女的，这个帮我卸背篓，那个帮我把孩子手中的东西接过来。还没等我们安顿好呢，火车就像打了个摆子似的，咣当咣当地开了。它这一打摆子不要紧，把站在过道上的老二给晃倒了，他的头磕在座席角上，立时就青了，疼得哇哇大哭。我一想直后怕，万一老二磕的是眼睛，瞎了眼，我还哪有脸去见老潘哪。

我把猪油坛子放在了茶桌下面。一到火车要靠近站台时，就赶紧猫腰护着，怕它像老二一样被晃倒了。

带着仨孩子出门真不容易啊。一会儿这个说饿了，一会儿那个说要拉屎撒尿，一会儿另一个又说冷了。我是一会儿找吃的，一会儿领着他们上厕所，一会儿又翻衣服。天黑以后，车厢里的灯就暗了，小东西们折腾累了，老大斜倚着车窗，老二躺在座席上，老三在我怀中，都睡了。我不敢睡，怕迷糊过去后，丢了东西和孩子。熬了一宿，天亮时，我们到了嫩江。

按照老潘信上说的，我找到了长途客运站。往黑河去的大客车三天一趟，票贵不说，我们来得不凑巧，刚走了一辆，等下趟要两天呢。我怕住店费钱，就买了便宜的大板汽车票，当天下午就上路了。

什么叫大板汽车呢？就是敞篷汽车，车厢体的四周是八十公分左右高的木板，看上去像是猪圈的围栏。车上坐了三十来人，都是去黑河的。车上铺着干草，人都坐在草上。车头是好位置，稳，行路时不觉得特别颠，人家见我带着仨孩子，就让我坐在车头。我怕猪油坛子被颠碎，就把它夹在腿间。我用胳膊抱着孩子，用腿勾着坛子，引起了别人的笑声。有一个男人小声跟他身边的女人嘀咕：这女人一定是想男人了，把坛子都夹在裤裆里了。我白了他们一眼，他们就赶紧夸那只坛子好看。

坐敞篷车最怕的不是毒日头，而是雨。一下雨，大家就得把一块大苫布打开，撑在头顶，聚堆儿避雨。雷阵雨不要紧，哗啦哗啦下个十分八分也就住了，要是赶上大雨，就遭殃了。路会翻浆，不能前行，就得停靠在中途的客栈。

我们离开嫩江时天还好好的，走了两个来钟头后，天就阴了。路面坑坑洼洼的，司机开得又猛，颠得我骨头都疼了，好多人都嚷着肠子要被蹾折了。乌云越积越厚，接着空中电闪雷鸣的，没等我们把苫布扯开，雨点就噼里啪啦落下来了。我在车头，又要撑苫布又要顾孩子的，早把猪油坛子丢在一边了。那时只嫌自己长的手少，要是多出一双手来多好啊。雨越下越大，车越开越慢，苫布哗哗响着，感觉不是雨珠打在上面，而是一条河从天上流下来了。苫布下的人挤靠在一起，才叫热闹呢。这个女人嫌她背后的男人顶着了她的屁股，那个女人又嫌挨着她的老头口臭，抱怨声没消停过。不光是女人多嘴多舌，家禽也这样。有个人带了一笼鸡，还有个人用麻袋装着两只猪羔。鸡在窄小的笼子中缩着脖子咕咕叫，猪把麻袋拱得团团转。老大看猪羔把麻袋快拱到猪油坛子旁边了，就伸脚踹了一下。猪羔的主人生气了，他骂老大：它是猪，不懂事，你也是猪啊？老大小小年纪，但嘴巴厉害，顶起人来头头是道。他说：它不是人，不懂事；你是人，怎么也不懂事？苫布下的人都被老大的话给逗笑了。

傍晚的时候，汽车终于在老鸹岭客栈停了下来。尽管挡着苫布，但雨实在太大了，我蹲在苫布边上，衣服的后背都被雨潲湿了。我抱着坛子走进客栈时，店主一眼就相中它了。他问我，这是从哪儿弄来的古董啊？我说这不过是只猪油坛子。他嘴里啧啧叫着，在坛子上摸了一把又一把。他老婆看了生气了，说，你看它细发，摸个没完了？店主说，坛子又不是女人的奶子，有什么不能摸的？店主问我，它值多少钱，连油带坛子卖给我行吗？我说自己用两间泥屋换来了这坛猪油，我喜欢，不卖。店主冲我翻眼白，他老婆却给了我一个媚眼。

我们在老鸹岭等天放晴，一停就是三天。那时的客栈都是光板铺，上下两层，每层铺能躺二十几人。一般是男人住上铺，女人和孩子住下铺。人多，被子不够使，就两个人用一条。为了省点钱，我和孩子不吃客栈的饭，吃自己带来的玉米饼子和咸菜。下雨天凉，我怕孩子们受寒会闹病，就借用他们的灶房，用带来的闷罐和小米熬粥。我一进灶房，店主就和我纠缠，要买那只猪油坛子，说是多给我钱，不让他老婆知道。我讨厌和老婆隔心的男人，就说你就是给我座金山，也不换这个坛子！店主生气了，他要收我煮粥的柴火费。我说你觉得那点钱拿在手上不烫手，就收吧！他冲我大叫：你这种死心眼的女人拿在手上才烫手呢！

在客栈里，人睡在铺上，东西什么的都得堆在地上。当然，能放在睡人的屋子里的东西都是死物。活物呢，像旅客带来的猪羔和鸡，都放在马房里。但凡开客栈的，没有不养马的。小孩子们喜欢在马房玩。离开老鸹岭的前一天，我去马房找老二和老小，在那儿给马喂食的店主指着他的几匹马说，说吧，你相中了哪个，我让你牵走！我问，你怎么非要这个坛子不可呀？店主说，好物件和好女人一样，看了让人忘不了！咱没福分娶好女人，身边有个好坛子，也算心里有个惦记的！谁想这话被他老婆听到了呢。马房的地上铺着干草，所以谁也没听见她进来了。这女人真是刚烈啊，她一句话没说，一头朝拴马的柱子撞去，当时就昏了，额角裂了道口子，鲜血一股一股地流出来，把玩捉老鼠游戏的孩子们都吓坏了。

这天晚上，雨停了，月亮出来了。第二天早晨，鸡还没叫，司机就吆喝我们上路了。当我抱着猪油坛子上汽车时，看见店主的老婆站在车旁。她受伤的额头上贴着一块药布，脸是灰的。她见了我，叫了一声妹子，扑通一声给我跪下了，让我留下那个坛子！她说这一夜想明白了，要是一个男人身边活物死物都不让他喜欢，这男人就等于活在阴天里，她不想看她男人以后天天阴沉着脸。说完，她哭了。我正不知该怎么办才好时，司机把店主找来了。店主听说他老婆下跪是为了给他要坛子时，受感动了。他把老婆拉起来，说，下了三天雨，地上潮气大，你有关节炎，要是跪犯了病，自己遭罪不是？你要是想跪，晚上就跪我的肚子上，那儿热乎。他那话儿，把围观的人都逗笑了。店主对我说，好看的东西都是惹祸精，咱不要那个玩意了，你快抱着走吧。他嘴上这么说，可他看坛子的眼神还是留恋的。

我们离开老鸹岭客栈时，太阳冒红了，店主搀着他老婆回屋了。我的眼睛湿了，觉得这个坛子没白用房子来换，真是宝物啊。大家看着他们夫妻和睦了，都跟着高兴。男人打口哨，女人哼着歌。鸟儿也跟着凑热闹，空中传来阵阵欢快的叫声。有人说，现在客栈没旅客了，店主一定是一进屋就脱了裤子，让他老婆上来跪肚皮啦！大家哈哈笑。我家老二问，肚皮那么软，能跪住人吗？一个黄胡子男人说，男人身上有根绳，用它拴女人，一拴一个灵，跪得住，跪得住！大家笑得更厉害了。老二凡事爱刨根问底，他问，那根绳在哪儿？快告诉我呀。

我们笑了一路。傍晌午时，车停在潮安河，我们到一家小店简单吃了点东西，接着赶路。太阳落时，到了黑河。

黑河是我今生到过的最大的城市啦，黑龙江就打城边流过。城里有高楼，有光溜溜的马路，有吉普车。街上骑自行车的人多，让我觉得这个地方挺富裕的。一些女人穿着裙子，露着腿，看得出这个地方挺开放的。客运站就在码头边，车还没停下来，我就望见了码头上的客船和货船。

往上游漠河去的船每星期有两趟，一趟大船，一趟小船。那儿的人管大船叫大龙客，小船叫小龙客。我们到的当天上午，小龙客刚走。大龙客要两天后才开。我乐意在黑河耽搁两天，想着这次到了老潘那里，一头扎进大山里，指不定哪年哪月再出来呢，我得给脑子里攒点好风景，空落时好有个念想啊。买了船票后，我就领着孩子逛商店，买了二十尺蓝色斜纹布、五尺平纹花布，想着过年时给孩子们做新衣。黑河的对岸就是苏联，有家商店有苏联围巾卖，我看着花色和质地都好，又不贵，给自己买了一块。除了这些，我还买了几条肥皂和几包蜡烛，把手里的钱基本花光了。上船时，兜里只剩六块钱啦。不过那时的钱真顶用呀，我们娘儿几个在船上吃一顿饭，一块钱就够了。

大龙客比小龙客慢，又是逆水走，该是一天到的路，走了两天。坐船比坐敞篷汽车要舒服多了，稳当，又风凉。白天时，我领着孩子站在船尾看山水，看江鸥，也看船上的厨子捕鱼。那时的鱼真旺呀，撒下一片网，隔半个钟头起网，起码能弄到一脸盆鱼。孩子们玩得高兴，到了下船时，个个都舍不得。

我们下船的地方叫开库康，有人把它念白了，就成了开裤裆。老潘所在的小岔河经营所，离开库康还有五十多里呢。一下船，就有一个瘦高个的小伙子走上来问我，是潘大嫂吧？我说是啊。他说，我叫崔大林，潘所长让我来接你，我等了一个星期了。我对他说，这一路出来不顺当，在老鸹岭遇雨耽搁了三天，在黑河等大龙客又耽搁了两天。小伙子说，我还想呢，要是这趟船再等不来你们，我就回林场了。崔大林接过我怀中的猪油坛子，说，潘大嫂，你可真能耐，领着仨孩子，又倒火车又换船的，还捧着个坛子！

这崔大林给我的第一印象是机灵，会说话。他说他是林场的通讯员。

我跟在崔大林身后去客店的时候，心里想，老潘当了所长了，看来在这里干得不错呀。可他在信上一个字也没透露过。他这个人就是这样，好事坏事都不爱跟女人说。

大龙客在开库康停了二十分钟，接着走了，它还有三站到终点呢。我们在开库康住了一宿，第二天一大早，就上路了。

崔大林准备了一副担子，挑着两个箩筐。他让老二坐在前筐，说是男孩子皮实，不怕日头。老小坐在后筐，说是有他的身影做着阴凉，老小在后筐就不会觉得太晒。他还把我们带来的东西分装在两个箩筐里。他挑着担子在前，我和老大跟在后面。我把猪油坛子放在背篓里，背在肩上，比抱在怀中要得劲多了。

要是轻手利脚地走五十里路，也得多半天，何况我们挑担背篓的，走的又是林间小路呢。崔大林虽然有力气，但他每挑个半小时左右，也要停下来喘口气。歇着时，老大爱问，还有多远？崔大林总是说，快了，翻过前面那座山就是。那时山上的树真多啊，水桶那么粗的落叶松和碗口粗的白桦树随处可见。林子中的鸟儿也多，啾啾地叫得怪好听。渴了，我们就喝山泉水，饿了，就吃上一把从开库康客店买的炒米。林子里的野花也多，老小坐在后筐里，时不时伸出手揪上一朵，不管是红百合、白芍药还是紫菊花，只管往嘴里填。我怕有些不认识的花会药着她，只让她吃百合花。大概她嘴里有了花香的缘故吧，蝴蝶和蜜蜂爱往她嘴丫飞，她哇哇叫着，挥着小手赶它们。要说林中什么东西最厌烦人？那就是蚊子、瞎蠓和小咬。它们都是爱喝人血的家伙。我们走着路的，它们难下口，坐在箩筐里的老二和老小可就遭殃了，到了中午，我发现老二的左眼皮让瞎蠓给咬肿了，他看上去一只眼大，一只眼小。老小呢，她的脖子和胳膊让蚊子叮了好多处，起了一片红点。我心疼坏了，心里忍不住埋怨老潘，他也不想着我领着仨孩子一路有多辛苦，只打发个人来，真心狠啊。想着到了那里后，一定不和他睡一个被窝，晾着他。

我们拖拖拉拉走到下午，忽然听见密林深处传来一阵马蹄声。崔大林放下担子对我说，这一定是打猎的鄂伦春人。果然，一忽的工夫，就见一匹棕红色的马从林子中蹿出，马上是一个挎着猎枪、穿着布袍子的鄂伦春人。他见了我们跳下马，问崔大林我们要去哪里。崔大林说去小岔河经营所。鄂伦春人说他可以用马送我们过去。我让崔大林卸了担子，把箩筐吊在马上，但崔大林说他不累，非让我和老大骑马。老大胆子小，不肯骑。我也没骑过马，但看着马还算温顺，再说我累得不行了，看见马跟见了救星似的，就背着猪油坛子壮着胆上马了。刚上去时晃悠了几下，走了一会儿，就习惯了。开始时鄂伦春人帮我牵着马，后来他看我骑得稳，就去抢崔大林的担子，说是换换肩，让他歇一歇。鄂伦春人的心眼真是好使啊。

山中的路坑坑洼洼的，走这样的路，再有经验的马，也有失蹄的时候。在马上自在了一个多钟头后，我们经过一片裸露着青石的柳树丛。没想到马被一块石头绊了一下，它一侧歪，我从马上掉了下来。我倒是没怎么伤着，就是胳膊肘和膝盖破了点皮，可是那个猪油坛子可怜见的，摔碎了。一想到坛子抱了一路，快到地方却出了事了，我哭了。心疼白花花的猪油，更心疼那个漂亮的坛子，早知如此，还不如把它留在老鸹岭客栈呢。崔大林见我哭，就安慰我，说是把坛子的碎瓷拨拉开，猪油还是能吃的。他把能盛油的东西都拿来了，闷罐，碗，一把一把地往里划拉猪油。这些器物满了后，我把老潘弟弟送的油纸伞打开，把余下的猪油收进伞里。好端端的猪油沾上了草，一些蚂蚁在里面钻来钻去，我那心啊，别提有多难过了！但我凡事能看得开，想着这个坛子太美了，所以命薄，碎就碎吧。

我说什么也不敢骑马了。鄂伦春人觉得过意不去，他对老大说，他可以抱着他一同骑在马上，老大吓得连连说，我走得动。鄂伦春人要把坐着老二和老小的箩筐吊在马上时，他们也都哇哇叫，不愿意。他们一定是怕像我一样被颠下来。结果这匹马最后驮着的只是散装在背篓中的猪油。怕它们互相磕碰着，鄂伦春人捋了几把青草，把它们掖在闷罐、碗和半开的油纸伞之间。每走半个小时，他就去换崔大林，帮他挑会儿担子。

就这样，我们走走停停，把太阳走落了，把月亮走升起来了，把野兔走回窝了，把眼睛锃亮的猫头鹰走出来了。晚上八点多钟，到了小岔河经营所。那时箩筐里的老二和老小已经睡过去了。老潘见了我，还有心思开玩笑，说是有两个牛郎帮我挑担子，福气不小啊。

那时经营所的房子只有七八栋，有三十来个工人，其中七八个是带家属的，比我早到不了多少日子。我们住的房子是板夹泥的，很旧，老潘说那还是伪满金矿局留下的呢。我说，那我得留神点，说不定哪天挖地，挖出块狗头金呢！

鄂伦春人把我们送到后，骑着马走了。我嫌老潘没留他过夜。老潘说，他们睡不惯屋子，喜欢住在林子里，你留他，他也不会答应的。

我折腾得骨头都快散架了，安顿好孩子后，我烫了个脚，上了炕。快两年没见老潘，我有一肚子的委屈。猪油坛子碎了时，想着晚上给他点颜色看，可一见着人，就刚强不起来了，看他哪里都亲，最后还不是睡在一起了？

只一两天的时间，小岔河的孩子们就熟悉起来了。老潘说年底时还要上一批工人，到时组织上会派来一个教师，那时老大就有学上了。不然他这种年龄不上学，在大山里就耽搁了。

我把猪油从闷罐、碗和伞中用勺子刮到一个脸盆里，用它做菜。那时小岔河开垦出的土地不多，再加上菜籽不全，男人们只种了豆角和土豆。我们这些留在家里的女人就找了一个在山中游猎的鄂伦春人，让他教我们认野菜。采了水芹菜、山葱、老桑芹后，我们就掉着样地给男人们做菜，把他们吃得天天叫好，上山伐木时更有力气了。野菜用猪油烹调最对路了，野菜吃油啊。有时吃着吃着，会在菜里发现蚂蚁，那是猪油洒了时，蚂蚁趁乱溜进去的。它们贪了口福不假，小命却是搭上了。老潘夹着蚂蚁时，也不挑出，说是蚂蚁浸了一身的油，扔了可惜，连同它一起吃了。到了小岔河没两个月，我怀上了。兴许是吃猪油的缘故，这胎儿特别显怀，秋天蘑菇下来的时候，谁都看出我有了。男人们就拿老潘开玩笑，说，潘大嫂才来两个来月，你的种子就发芽了，本事大啊。老潘笑着说，都是猪油里的蚂蚁搞的，那东西长力气啊！

大兴安岭一到十月就进入冬天了。那时的雪真大啊，一场连着一场。天是白的，地是白的，树和人被这一上一下两片白给衬的，都成了黑的了。男人们采伐，女人也不能闲着，除了带孩子做饭，还得上山拉烧柴。碰到樟子松身上有明子疙瘩的，我们就锯下来，把它劈成片，用来引火。我们还把明子疙瘩放到大铁锅里，填上水，熬油。熬出的油像琥珀似的，可以用来点灯。这样的灯油散发的烟有股浓浓的松香气，好闻极了。我就是在熬松油的时候要临产的。那是一九五七年的四月，要是在南方，麦苗都青了，可小岔河还在下大雪，黑龙江也封冻着呢。当地虽然有个卫生所，但唯一的医生只能治个头痛脑热、处置点小的外伤什么的。碰到大毛病，就傻眼了，到时就得套上爬犁，用担架把重病号送到开库康。

那时的女人最怕生孩子难产了。在那种地方，人说扔就扔了。按理说我生过仨孩子了，不该怕了，可是胎儿太大了，疼得我满炕打滚，就是生不下来。幸亏那是傍黑的时候，男人们从山里回来了。卫生所的医生看我那样子，害怕了，她让老潘赶快想办法送我出山。如果去开库康，快马也得三个钟头，何况我上不了马。这时崔大林说，要不就送江对岸吧，苏联那里的医院好。

那个年月，住在黑龙江界河沿岸的村落，比如洛古河、马伦、鸥浦，如果碰到了来不及去大医院救治的重病人，便就近送到苏联去了，比如加林达、乌苏蒙。虽说过界是不允许的，苏联那边有岗哨，但他们看见抬来的是病人的话，就会让我们入境。老潘是个党员，又是经营所的领导，按理说不管我和孩子是死是活，该把我往开库康送，免生麻烦。但老潘就是老潘，他一点也没犹豫，立马吩咐人套马爬犁，准备担架，领上崔大林，把我用两床棉被包裹上，去了苏联。那个小村当地人叫它“列巴村”，列巴就是“面包”的意思。苏联人喜欢吃列巴，夏季时能从江边闻到对岸烤面包的香味。那时黑龙江还封冻着，省却了渡船的麻烦。我们一越边界，苏联岗哨的两个士兵就端着枪跑来了，没谁会说俄语，老潘指着马爬犁上的我，拍了一下我的大肚子，然后摇摇头，苏联士兵便明白这是遇到难产的病人了，点了点头。其中的一个带路把我们送到了医院。那家医院虽小，但设施全。接诊的是个年岁很大的男医生，胡子都白了。他看了看我的情况后，先是给我打了一针，然后给我做了剖腹手术，取出了个哇哇哭叫的胖男娃。他快十斤重了，怪不得我生不下来呢。老潘一看母子平安，一个劲儿地给那个医生作揖。由于出来得匆忙，我们什么礼物也没有带，老潘有块手表，他从腕上撸下来，送给医生，人家笑笑把表又套回他手腕上了。老潘满身翻，翻出半包烟和两块钱。钱是人民币，给他也不能使，老潘就把烟递给医生。医生指了指我，摆摆手，示意在病人面前不能抽烟。由于开了刀，当天不能返回，我们在那儿住了两天。苏联医生招待我们吃喝，还帮我们喂马。医院的女护士给我带来了鸡蛋和面包，还送给孩子一套棉衣裳，蓝地红花，怪好看的。临走的时候，我很舍不得，我亲了女护士，也亲了给我做手术的男医生。岗哨的士兵拿出一页我们谁都看不懂的纸，让老潘在上面签了字，按了手印。

回到小岔河林场后，老潘就去了开库康，辞他的所长去了。他说自己无组织无纪律，为了让老婆平安生产，越了边界，不配做所长了。但组织上只给他一个口头警告，没处分他。他从开库康欢天喜地地回来了，买了二斤喜糖，给小岔河的每户人家都分发了几颗。这孩子是在苏联生的，我们给他起的大名是“苏生”，小名呢，就叫蚂蚁。老潘说不是因为猪油中的蚂蚁滋养，他的精血不会那么旺，致使我怀的胎儿壮得生不下来。

苏生是几个孩子中长得最漂亮的了。宽额和浓眉随老潘，高鼻梁和上翘的唇角随我。眼睛呢，既不随我，也不随老潘，不大不小，黑亮极了，老潘说随蚂蚁。他非说蚂蚁的眼睛亮。小岔河的人都喜欢他，说他生就一副富贵相。人们很少叫他的大名，都爱叫他的小名。

蚂蚁四岁时，崔大林结婚了。小岔河来了个皮肤白净的女教师，叫程英，扬州人。也许是江南的水土好吧，她长得才俊呢，杨柳细腰，俏眉俏眼的，两条大辫子乌黑油亮的，在肩后一荡一荡的，荡得男人们心都慌了。有三个人追求她，一个是开库康小学的老师，一个是小岔河林场的技术员，还有就是崔大林了。最后她还是嫁给了崔大林，人家说程英是看上了崔大林家祖传的一只镶着绿宝石的金戒指。

在当地，结婚前夜有“压床”的习俗。所谓“压床”，就是找一个童子，陪新郎官睡上一夜。据说这样婚床才是干净的。崔大林和程英都喜欢蚂蚁，就让他去压床。一般四岁的孩子，离不开父母的怀儿，可我们跟蚂蚁说，让他跟崔叔叔睡一夜的时候，他高高兴兴地答应了。崔大林抱他走的时候，蚂蚁还问，我是睡崔叔叔呢，还是睡程阿姨？把我和老潘笑得哇，说，你要是睡了程阿姨，崔叔叔就该打你的屁股了！

蚂蚁没压好床，崔大林说，这孩子突然肚子疼，哼唷了一宿。到了天明，这才消停了。老潘去接蚂蚁的时候，他的肚子已经好了，他还拿着赏给他的两块压床钱，跟老潘说他能给家里挣钱花了。

崔大林的婚礼才热闹呢，小岔河林场的人都到场了。那是一个夏天的礼拜天，我们在屋外搭起帐篷，支上锅灶，女人们七碟八碗地做菜，男人们喝酒，孩子们咂着喜糖做游戏，一直闹腾到晚上。年轻的小伙子又去闹洞房，把新郎新娘折腾到了天明。

我们在婚礼上见到了新娘子手上戴的戒指。金戒指上果然镶着颗菱形的绿宝石，那宝石看一眼就让人忘不了，是那种没有一点杂质的透亮的绿，醉人的绿！我们这些女人拉着程英的手，个个看得“啧啧”叫，羡慕得不得了。有人说它值一栋好房子，有人说它值一车皮红松，有人说它值五匹好马，还有人说它值一千丈布。只要是我们能想得到的好东西，都被打上比方了。从那以后，我们见到的程英就是手指上戴着绿宝石戒指的样子。她握着粉笔在黑板上写字的时候，学生们都说那字被映得一闪一闪的。冬天时，她戒指上的那点绿看了让人动心，好像她的指尖上藏着春天。

孩子们在小岔河一天天长大了，林场的人也越来越多了。小岔河学校又增加了一名男教师，是个单身，人家都说崔大林很不高兴他和程英一起工作。

说来也怪，程英结婚好几年了，一直没有怀上孩子。她的身体看上去挺好，不像是不能生养的，有人就嘀咕崔大林有毛病。有一年春节，他们俩回程英的娘家探亲，回来时带来了大包小包的中药。从那以后，崔大林家就老是飘出汤药味。我们猜那是治疗不孕症的药。至于是谁吃，我们猜不出来，也不便问。

山中的日子说慢很慢，说快也很快。好像是一忽的工夫，我的鬓角就白了，老潘的力气也不如从前了。尽管生了蚂蚁后我又怀上了两回，但没一个能站住脚。头一个三个月时就流产了，第二个倒是生下来了，是个女孩，才四斤多，我没奶水，只得喂她羊奶。她弱得三天两头就病，三岁时，一场高烧要了她的命。从那后，我就跟老潘说，咱也是奔五十的人了，有四个孩子了，再不要了。老潘说，不生也够本了，咱最后那一笔多带劲啊！那一笔当然指的是他心爱的蚂蚁。

“文革”前，老大参加工作了，在小岔河林场当木材检尺员。老二喜欢上学，我们就让他在开库康上中学。老姑娘在小岔河上小学，她一拿课本就迷糊，脑瓜不灵便，程英说别的孩子记一个生字三五分钟就够了，她呢，一天也学不会一个字，都五年级了，没有一篇课文能读连贯。不过她手工活儿巧，会钩窗帘、织毛衣，还能裁剪衣裳，我想女孩子会这些就不愁嫁人了。最让人省心的是蚂蚁，他功课好，又勤快，还仁义。学校冬天得生炉子，他那个教室的炉子，都是他烧的。每天天还没亮，他就去烧炉子了。等到上课时，教室就暖和了。

“文革”开始了，中苏关系也紧张了。因为我在苏联的列巴村生的蚂蚁，旧账新算，非说老潘是苏修特务。说老潘当年签的字是卖国的证明，他的经营所的所长给撤了，人被揪斗到开库康，在船站打杂。崔大林也跟着倒霉了，被发配到开库康粮库看场。后来是老潘把责任都揽到自己身上，说是当年是他主张送老婆去苏联的，而且字也是他签的，跟崔大林没丝毫关系，让他还是留在小岔河。说是崔大林在开库康，跟老婆分居，耽误下种。人家都知道崔大林没有孩子的事情，就把他放回小岔河了。不过他不能坐办公室了，跟工人一样上山伐木了。

可是崔大林回到小岔河没多久，程英就死了。

要了程英命的，是那只绿宝石金戒指。

自打程英结婚后，那戒指就没离过手。她教书时戴着，挑水时戴着，到江边洗衣服时还戴着。也许是一直没有孩子的缘故，程英后来脸色不如从前了，人也瘦了。有一天，程英去江边洗衣服，回来后发现戒指丢了。人一瘦，手指自然也跟着瘦了，再加上肥皂沫的使坏，戒指一定是秃噜到江中了。小岔河的人都帮着程英去找戒指，人们在程英洗衣服的那一段江面撒开了人，浅水处用笊篱捞，深水处由水性好的潜进去搜寻，折腾了两天，也没找着。

程英没了戒指后，整个人就跟丢了魂似的，看人时眼神发飘，你在路上碰见她，跟她打招呼，她就像没听见似的。她给学生上课，也是讲着讲着就卡了壳。她原来是个利索人，衣服从没褶子，裤线总是压得笔直的，辫子编得很匀称。可从戒指丢了后，她等于失去了护身符，衣衫不整，头发蓬乱，牙齿缝塞着菜叶也不知剔出来。从她的表现看，人们暗地都说，当年她嫁给崔大林，确实图的是财，而不是人。

有天晚上，程英没有回来。崔大林把小岔河找遍了，也不见人。四天后，在黑龙江下游一个叫“烂鱼坑”的地方发现了她。尸首荡在岸边的柳树丛里，已经腐烂了。人们都说，程英要么是去江中找戒指时让急流卷走了，要么就是自杀。没了心爱的东西，她就活不起了。

我想起蚂蚁当年去崔大林那儿压床时害肚子疼的事情，看来童子是有灵光的，他们的婚床没给那对新人带来好运。

崔大林从此后腰就弯了，整天耷拉着脑袋，跟谁也不说话了。不到四十岁的人，看上去像个小老头了。他家从那以后再也没有汤药味飘出来了。

崔大林没了老婆，再加上他因为老潘受了牵连，我很过意不去。蚂蚁在家时，我常打发他去帮崔大林干点活儿，劈个柴啦，扫个院啦，挑个水啦。有时候做了好吃的，就送给他一碗。小岔河的人也可怜他，常有人往他家送菜和干粮。

蚂蚁那时已经大了，他知道爸爸因为他而遭殃了，很不开心。他开始逃学，也不给学校生炉子了。有的时候，他一个人扛着红缨枪，步行几十里，去开库康看他爸爸。说是谁若敢在他爸身上动武，他就用刺刀挑了他！他十四岁时就有一米七了，体重一百多斤，胡子也长了出来，像个大小伙子了。开库康的人没有不知道蚂蚁的，他来到那里，总是雄赳赳的模样。

就连批斗老潘的人都说，你这辈子值了，有这么个好儿子！

蚂蚁不上学后，冬天就上山伐木；夏天呢，他跟着人去黑龙江上放排，把木材从水上由小岔河运送到黑河的码头。每放一次排，总要十天八天的时间。放排是个危险的活儿，蚂蚁一跟着上排，我就睡不着觉，想着黑龙江上有许多急流险滩，万一出了事，可怎么好？所以蚂蚁放排时，我总要请把头喝一次酒，托付他照应好蚂蚁。木排上的把头又称“看水的”，掌管棹，棹相当于船桨，起舵的作用。放排是否平安，取决于掌棹人的手艺。看水的把头都喜欢蚂蚁，说是他一上了排，一路风平浪静。他是福星。一般的木排有一百多米长，三十多米宽，排上能装二百多立方米的木材。一个排上放排的人总要有七八个，排上有锅灶和窝棚，可以在上面做饭和睡觉。把头说，蚂蚁最喜欢站在排上往江里撒尿，说是畅快。赶上月亮好的夜晚，他们在排上喝酒，蚂蚁就说快板书。他说书的内容是自编的，全是英雄美人的故事，放排的人都爱听。

一九七四年吧，蚂蚁虚岁十八了。好多人都给他介绍对象，可蚂蚁说大丈夫四海为家，娶了女人累赘。这年夏天，他又去放排了。这次放排改变了蚂蚁的命运。

从小岔河往黑河去的水路上，要经过一个叫金山的地方。金山的对岸，是苏联的一个小镇。一般来说，放排是昼行夜宿的，就是说每天晚上要找一个地方“停排”，第二天早晨再“开排”。金山那段水路石砬子多，赶上那天风大，看水的把头在停排时掌握不住棹了，木排打着旋儿，顺着风势，一直往苏联那边飘，一忽的工夫，就撞到人家的岸上了。那时苏联在黑龙江上增加了防御，常有被我们称为“江兔子”的巡逻艇在江上蹿来蹿去。木排一靠那岸，江兔子就追过来了，苏联士兵端着枪下来，哇啦哇啦地冲放排的人叫嚷。语言不通，把头就指着天，意思是说老天爷把我们吹来的，我们并没想越界。蚂蚁鼓着腮帮子，呜呜呜地学大风叫，把苏联士兵都逗笑了。那时正是傍晚，小镇的人家都在忙活晚饭，烤列巴的香味飘了过来。把头说，岸边有几个织渔网的姑娘，其中一个姑娘穿着蓝色布拉吉，金黄色的头发，梳着一条独辫，水汪汪的大眼睛，白净的皮肤，鹅蛋形脸，嘴唇像是刚吃完红豆，又丰满又鲜艳。她不看别人，专盯着蚂蚁。把头知道苏联人喜欢喝酒，就把木排上的几瓶烧酒拿来，送给他们。他们呢，吩咐岸边的姑娘进镇子拿来了酸黄瓜和列巴。苏联士兵和放排的人围坐在岸边，一起吃喝。那个姑娘呢，就站在蚂蚁身后，一会帮他掰面包，一会帮他添酒。蚂蚁也喜欢她，看她一眼脸就红一阵。吃喝完了，天黑了，风住了，月亮升起来了，把头预备把木排摆回金山岸边了。那个姑娘看蚂蚁上了排，眼泪汪汪地从兜里掏出一个小木勺，送给他。木勺的把儿是金色的，勺面呢，是金色的地儿，上面描画着两片红叶，六颗红豆。蚂蚁接了木勺后，把它插在心窝那儿。

这次放排回来后，蚂蚁就不是从前的蚂蚁了。他常常一个人拿着木勺，坐在院子里发呆。他每天要去一次江边，名义是捕鱼呀，洗澡呀，刷鞋呀，其实大家都明白他是为了看看对岸。

有一天，蚂蚁用网挂上来一条足有十多斤重的红肚皮的细鳞鱼。那鱼被提回家时，还摇头摆尾着。我想做个酱汁鱼，装上一罐，去开库康看看老潘。剐完鱼鳞，用刀剖膛时，我发现这鱼的鱼肚异常的大。大鱼的鱼肚是不可多得的美味，我划开鱼肚，一缕绿光射了出来，那里面竟然包裹着一只戒指！取出后一看，竟然是程英丢失的那一只，我简直不能相信自己的眼睛！我怕是自己眼花了，喊来蚂蚁，他看了一眼就说，是程老师戴的戒指啊！我们把它放在水盆中，用肥皂洗了又洗，将附着在上面的鱼油和江草洗掉，它鲜亮得就像一个要出嫁的姑娘，看一眼就让人怦怦心跳。我想这条鱼要是早打上来就好了，那样程英就不会死了。这也说明，戒指确实是在她洗衣裳时滑落到江水中的。我和蚂蚁赶紧用块手绢包了戒指去崔大林家，想把它还了。谁知崔大林看了一眼戒指后就哭了，说，这是命啊，命啊，我不能要这戒指了。我以为他想起程英伤心，就说，你现在看着难受，就把它锁在柜子里。你下半辈子又不能一个人这么过下去，碰到合适的还得找一个，晚上吹灯后好有个说话的人。崔大林抓着我的手，哭得像个泪人，说，潘大嫂，这戒指命该是你的，我说什么也不能要。它要是再回到我家，我非死了不可！我说，这东西这么金贵，不是我的，我不能要。崔大林竟然给我跪下了，求我救救他，留下戒指。我见他那样，就说，那就给蚂蚁吧，鱼是他打上来的，等于他捡着的，这戒指留着他将来娶媳妇用。蚂蚁将崔大林从地上拉起来，干脆地说，我喜欢它，我要！就把戒指取过来，揣在兜里了。

那时我并不知道崔大林心中的秘密，只当他没了旧人，怕见旧物了。

我把那条细鳞鱼用油煎透，放了一碗黄酱，慢火煨了三个钟头，鱼骨都酥了，盛了满满一罐，搭了一辆拖拉机，去开库康了。那时从小岔河到开库康已经修了简易公路，走起来方便多了，两个钟头就到了。船站的人对老潘很好，并不让他干重活，我去了，还让他休息一天，陪我逛逛供销社。我跟老潘说了戒指藏在鱼肚中的事情，老潘说，听上去像是神话，只有蚂蚁才能把吞了绿宝石戒指的鱼打上来啊！

我怎么能够想到，等我从开库康返回小岔河时，蚂蚁走了。他留下了三封信，一封是给开库康的组织的，说是他爸爸因为他生在苏联而成了苏修特务，现在他离开中国了，跟家里永久断了联系，应该把他爸爸放回小岔河了。一封是给他哥哥姐姐的，说是他不肖，请他们好好待父母，为我们养老送终。还有一封是写给我和老潘的，说是他此去，永不回来了，请我们不要难过，要保重身体。在我们那封信的下面，他还画了一个磕头的男孩，说是每年除夕，只要他活着，不管在哪里，他都会冲着小岔河的方向，给我们磕头拜年的。

蚂蚁带走了那只戒指和那把描画着红豆的木勺。我明白，他这是游到对岸去了。老潘是条硬汉，我从没见过他掉泪，但蚂蚁的走，让他痛不欲生，以后只要谁一提起这个话题，他就掉泪。我也是心如刀绞，但为了老潘，只得挺住，我劝他，在哪里生的孩子，最后还得把他还到哪里，这是命啊。

我们没敢把信的内容透露出去，只是说蚂蚁失踪了，不知去哪里了。不然，老潘等于有了一个叛国投敌的儿子，罪更大了。那些日子我们整天提心吊胆的，怕蚂蚁突然被遣返回来。没有遣返的消息时，我们又担心他偷渡时淹死了，所以一听说黑龙江的哪个江段发现了尸首时，我们就打哆嗦，直到确认那人不是蚂蚁，才会舒口气。到了冬天封江时，我们的心渐渐安定下来，想着蚂蚁一定是平安过去了，跟心爱的姑娘在一起了。

“文革”结束了，老潘回到小岔河。那时经营所已经扩展成林场，上头派来了一个场长，让老潘做副场长，他谢绝了。他说自己快六十的人了，又得了风湿病，没能力做事情了。我明白，蚂蚁的离去，等于把他油灯中的灯芯抽去了，他的心里没有多少亮儿了。

一九八九年，老潘死了。他活了七十岁，也算喜丧了。离世前，他对我说，真是馋你当年来小岔河时带来的猪油啊。我知道他是想蚂蚁了，就拿来蚂蚁留给我们的那封信，他眼睛盯着那个磕头的男孩，笑了笑，撒手去了。

在老潘的葬礼上，崔大林把折磨了他半生的秘密告诉了我。他说那个戒指确实是我的，当年他从开库康接我来小岔河的路上，猪油坛子碎了，他在帮我往碗里划拉猪油时，发现了一只绿宝石戒指。他一时贪财，把它窃为己有。开始时他不敢把它拿出来，以为那是我藏到里面的，后来套问过我几次，知道那坛猪油是用房子换来的，戒指的事我一无所知，他就敢拿出来了。程英能跟他，确实是因为这只戒指。他其实心里清楚，程英更喜欢那个追求她的技术员。婚后，他一看到这只戒指，腿就发软，做不成男人该做的事。他央求过程英，不让她戴那玩意，可她不答应，他们为此没少吵嘴。我问崔大林，你为什么要等到老潘死了才告诉我？他说，老潘是条汉子，他要是知道了，他看我的眼神就能把我给杀了啊。

我这才明白，当年霍大眼为什么嘱咐我不要让别人吃那坛猪油，看来他要送我那只戒指，他暗中是喜欢我的。老潘的弟弟刚好从河源老家赶来奔丧，我就向他打听霍大眼的情况。他说，霍大眼得了脑溢血，死了六七年了！他活着时，一见老潘的弟弟，就向他打听，你哥哥嫂子来信了吗，他们在那里过得好吗？老潘的弟弟说，有一回他告诉霍大眼，说我生了一个儿子，叫蚂蚁，霍大眼说了句，比叫臭虫好啊，气呼呼地走了。霍大眼的老婆是个泼妇，两口子别扭了一生。霍大眼病危时，他老婆正在鞋店试一双黑皮鞋。别人唤她快回家，她不急不慌地对店主说，给我换双红鞋吧，他死了，我得辟邪，省得老王八蛋的鬼魂回来缠我。

咳，可惜我知道这戒指的来历晚了一步。要是老潘在，我可以跟他显摆显摆：瞧瞧啊，也有别的男人喜欢我啊。不过以老潘的脾性，他听了后肯定会哈哈大笑着说，一个眼睛长得跟牛眼似的屠夫喜欢你，有什么臭美的？

老潘死后的第二年，崔大林也死了。我仍然活着，儿孙满堂。我这一生，最忘不了的，就是从河源来小岔河那一路的风雨。我的命运，与那坛猪油是分不开的。夏日的傍晚，我常常会走到黑龙江畔，看看界江。在两岸间扇着翅膀飞来飞去的鸟儿，叫声是那么的好听。有一种鸟会发出“苏生——苏生——”的叫声，那时我便会抬起头来。我眼花了，看不清鸟儿的影子，但鸟儿身后的天空，我还看得挺分明呢。

2008 年

七十年代的四季歌

春：外祖母的灶火

外祖母说："猫儿，你去给姥姥抱块柈子！"

我噘起嘴，磨蹭着走向院子的柈子垛。

柈子就是柴火，七十年代的大兴安岭，家家户户烧的都是柈子。鲜树不能做柈子，得是风干了的被狂风掘了根的倒木，或是虽然站立着，却已被雷电打死的枯树。将它们锯得一截截的，再用斧子劈成块，柈子就成了。柈子有松木的，也有白桦木和水冬瓜的。松木柈子大多有松油，烧起来火焰旺，金红色，散发出浓烈的松香气；白桦木柈子的火焰橘黄色，香气也有，不过非常淡，得觑着鼻子仔细闻；青皮的水冬瓜柈子，火焰倒是好看，能发出太阳般的白炽光焰，可它没香气，而且不抗烧，在炉膛趴上半小时吧，就灰飞烟灭了。所以外祖母一看家人拉回了水冬瓜，就会撇嘴，好像谁领来了一个病病怏怏的丫头，非要做她的儿媳似的。

柈子垛高高的，我矮矮的；柈子垛像头肥实的花母牛，而我则是它蹄子旁可怜的蚂蚁。我讨厌抱柈子，一不留神，柈子身上丛生的木刺，就会扎了我的胳膊或手。刺扎得浅，用针挑出来，忍个瞬间的疼痛就是了；若扎得深，难以拨出，皮肉就像是钻进了一条毒蛇，火烧火燎的，晚上连觉都别想睡安稳！

外祖母分派我做活的时候，是一九七零年，我满六岁。那年夏天，母亲将我送到漠河乡的外祖母家。由于年幼，在父母身边时，我不做活，见天地除了吃和睡，就是淘气。可是外祖母觉得像我这般大的女孩该调教了，所以母亲一把我撂下，她就教我抱柈子，倒尿罐，抹桌子扫地，洗手绢和袜子，这些小活，她认为不可小视。

我不愿意外祖母叫我“猫儿——”，我有小名的，叫迎灯。只不过因为我四五岁的时候，在托儿所与小朋友抢苹果吃，挠伤了人家的脸，就落下个“老猫”的外号。外祖母一叫我“猫儿——”，我就气鼓鼓的，感觉自己不是人，跟猪狗一样了。

外祖母是个小脚女人，又矮又瘦。她明净的瓜子脸，咕噜噜的黑眼睛，快五十的人了，看上去却一派少女的神情。她头发白得早，那发髻套里塞着的头发，就像一网银鱼！她喜欢白衣黑裤，不管太阳多么晒，她的肤色都是白皙的。她说话语速快，跟她干活一样利落。无论冬夏，她总是凌晨四五点钟就起来。

外祖母家的早饭从不对付，稀的干的都得有。干的永远是烤得外焦里嫩的火烧。稀的呢，秋冬时节是粥，小米粥或是玉米糊糊；春夏时节依仗着菜园的蔬菜，汤就登场了。菠菜、小白菜和西红柿，是汤的主角。汤的配角永远是香菜，外祖母把它们切成碎末，每种汤出锅时都要撒上一层，让它们像绿珠子一样在汤上滚动。除了这些，外祖母还得给外祖父准备酒肴，他一早一晚要喝酒的。酒肴是煎鱼，或是小葱拌豆腐。外祖父晚年在公社打更，晚出早归。他早晨交完班，大约五六点钟的样子。他一进家，外祖母就把酒菜摆上桌了。冬天的太阳出得晚，外祖父坐在圆桌旁喝酒的时候，还得掌灯。等他喝完酒，我从炕上爬起来，油灯就灭了。天边是红的，外祖父的脸膛也是红的。不过外祖父脸上的红，是酒气给熏染的。太阳出来了，外祖父倒在炕上睡去了，馋嘴的我顾不得梳洗，直奔饭桌，享用剩下的酒肴。

我和外祖母睡在东屋。东屋有一铺大炕，刷着蓝油漆，光溜溜的。光溜到什么程度呢？不仅能照人，猫在上面走，往往爪下打滑，侧歪了身子。被褥整齐地摞在炕梢，用蓝方格布苫着。为什么不能放炕头呢？因为炕头挨着火墙和灶坑，它们烧得太热的时候，被褥就成了烧饼，会被烤成焦黄色。那时候的布匹和棉花凭票供应，伤了被褥的脸皮，损失可就大了。

外祖母喜欢讲鬼神故事，晚上她钻进被窝，嘴里就会蹦出妖魔鬼怪，我听了害怕，一怕就想撒尿，可尿罐搁在门口，屋子黑漆漆的，我不敢下地。外祖母只好翻身摸出手电筒，射一束光为我壮胆。往往我撒尿后哆哆嗦嗦回到炕上，她就不说故事了，大约觉得我听怕了再去撒尿，浪费手电筒的亮儿，不划算。外祖母睡了，我却睡不着，想知道那些故事的结局，于是就用痒痒挠把她挠醒。外祖母的枕头下除了放着手电筒，还有一个用晒干的玉米棒子做成的痒痒挠。我挠醒她，问："姥姥，后来怎么样了？"外祖母迷迷糊糊中嘟囔着："怎么样了——"然后叹口气，说："这么样了——"随便讲几句，给鬼神一个去处，把我打发了，复又睡去。她也不能不睡，不仅一家人的早饭等着她做，一个院子的牲畜和家禽，也会在醒来后，张着嘴朝她乞食。

漠河乡那时也就二百来户人家，几乎家家独门独院。房子大都是木刻楞的，房前屋后有广阔的菜园。由于与苏联交界，而中苏关系紧张，所以尽管从外祖母家到界河走一刻钟就到了，大人也不让我们小孩子独自到江边玩。说是对岸高鼻子的老毛子坏，万一江上的巡逻艇靠过来，把我们抓过去，就会喂狼了。

那时最让我不解的是，为什么苏联那么坏，太阳却要从它们那儿升起呢？因为从东窗望出去，近处的是私家菜园，再远一点的是公社的黄豆地和麦田，而过了麦田，下一个坎儿，就是黑龙江了。黑龙江的这岸是漠河乡，对岸就是苏联的山峦。每天早晨，我是看着太阳从那儿升起来的。

外祖母家的东边，住着一个苏联老太太。她七八十岁的样子，独居。她个子高高，肤色白皙，高鼻深目。她是建国前逃过来的，嫁了个中国马夫，生了两个儿子。可是后来因为中苏关系恶化，那个男人怕受牵连，抛下她和孩子跑了。

苏联老太太的儿子我只见过一个，他那时四十多岁了吧？沉默寡言，黧黑干瘦，光棍一条。他膝下有个叫春生的十多岁的男孩，是他弟弟过继给他的。春生是个三毛子，浓眉大眼，不灵光，总干傻事。每隔一两天，他都要来给他奶奶劈柴挑水。做过乡长的外祖父，不让我去苏联老太太家玩，说她家政治上有问题。我不懂政治，只懂得愣头愣脑的春生是好玩的，春生奶奶家的蚕豆是诱人的。所以春生一来，我就从自家菜园越过栅栏，跳到她家的菜园，再溜进门去。那道木栅栏比我高不了多少，鸡都跳得过去，别说是我了。她家的狗认得我，一见我就摇尾巴。我乐意看春生干活，喜欢听他说话，更愿意进屋吃蚕豆。苏联老太太喜欢穿条宽松及膝的古铜色裙子，头上包着三角头巾。我一来，她就把我抱到一个高背椅子上，端来蚕豆给我吃。她炒的蚕豆浓香酥脆，妙不可言。我嘎嘣嘎嘣嚼蚕豆的时候，挂钟里的钟摆“滴答滴答”地摇摆，一副馋昏的模样。

苏联老太太基本不说话，像个哑巴。我吃蚕豆的时候，她坐在一旁专注地看。等我吃完了，她把我从椅子上抱下来，拉着我的手，带我跳舞。她跳的舞，基本就是驴拉磨似的转圈。

估计我满脑子的糨糊吧，转个三五圈就迷糊了。她紧紧拉着我的手，不让我栽倒，然后放声大笑！春生一听见他奶奶笑，会撇下手中的活儿跑过来，扶着门框，探着头，跟着嘿嘿乐。

外祖父睡了一头晌，下半晌就精神了。若是冬天，他下午会提着弯把锯，将整根的木头横在人字形的踞架子上，截梓子。拉锯声流水一般，清脆悦耳。偶有喑哑，那是松油捣的鬼，它们粘着锯齿了。锯末子白花花的，像雪花。锯末子不能扔掉，将它们稻谷似的扫成一堆，转年春天晾干了，可以撒在天棚顶上，做房屋的保暖层。而其他季节，外祖父下午是在菜园劳作，打垄、铲地、拔稗草、架豆角架、间苗、施肥或是打农药。外祖父在菜园干活的时候，我喜欢凑过去，缠他讲故事。他的故事跟外祖母的不一样，没有鬼神，都是人的故事。

外祖父从山东逃荒过来，吃尽苦头，早年在老沟给日本人采过金子，见多识广，所以他的故事很传奇。他说日本工头坏，动不动就使鞭子，但做饭的日本人好，和善，烤的烧饼管够吃。他说苏联人讲义气，漠河乡发大水时，他们开着快艇来救中国人。不过苏联士兵不好，帮着收复东北时，尽睡大姑娘。他还说以前这地方窑子很多，不仅是中国的，连俄国的日本的窑子娘们也来做营生，从淘金汉怀里掏钱。窑子和窑子娘们是干什么的，我懵懵懂懂，就问他的钱也被掏了吗？他很生气，伸出大巴掌要打我。我赶紧逃，一边撒丫子跑一边喊："哈酒了！"外祖父的山东腔，总是把"喝酒"说成"哈酒"。

没想到我故意气他，他倒呵呵乐了。

外祖父比外祖母大了近一旬，四方大脸的。虽然他脸上皱纹不多，但因为驼背了，给人衰老的感觉。他当乡长的时候，常拿自家的东西给公家，气得外祖母拿起拴牛的绳子，威胁他要上吊。外祖母并非小气，只是觉得公私要分明。母亲对我说，闹饥荒的时候，家家吃不饱，外祖母看着邻居家断了顿，一家老小几天没吃东西，全都饿倒在炕上，便把家里仅存的一点米匀给邻居救命。自家的米少了，她就用一把米煮一大锅粥，上面撒点干萝卜缨子。挨过饿的人没有不爱惜粮食的，外祖母要是看我碗里剩了几粒米，会吆喝我吃干净了；而她喝粥，最后总会擎起碗，舌头绕碗边一圈，将粥汁舔光。

外祖母最盼春天了，一到这时节，能种地了不说，柈子也省下了。而严冬时，户外寒风刺骨，大雪纷飞，火炉和灶坑就是两个大肚汉，得不住嘴地吃柈子。外祖母每天清晨生火，得先清理炉灰，一掏就是半桶。而春夏时节，三五天掏回炉子就行。

外祖母在调理灶火上很有一套，她知道做什么饭使什么柈子。蒸馒头和炒菜要用旺火，这时候进炉膛的是松木柈子；熬粥和煎鱼要用文火，能压得住火苗的桦木柈子是首选。而家里若是来了客人，要即刻做饭，就抱来蓬松的干枝桠，火焰很快能升腾起来。外祖母站在炉灶前，善于对锅里的食物“察言观色”，若是鱼煎得泛黄了，粥咕噜咕噜冒泡了，汤泛出鲜香气了，她就把柈子往外撤一下，让火焰减弱；而炒锅包肉和煮饺子，火一定要拨得旺旺的。隆冬的夜晚，怕火断早了屋子凉，外祖母会放上一块湿柈子，压在火炭上，让它慢条斯理地燃烧。所谓湿柈子，就是鲜树。它们水分足，不像干柴那样容易起烈火。鲜的松树和桦树是不能砍伐的，违法，但柞木可以采，所以外祖母夜晚填进炉膛的湿柈子，就是柞木了。柞木满脸黑斑，看上去老气横秋的。我们睡了，柞木却寂静地燃烧着，做我们的守夜人。

由于爱灶火，外祖母爱看别人家的烟囱。她能从飘出的烟的颜色和姿态，看出人家烧的是什么柈子；还能从炊烟的浓淡上，判断人家的饭是做好了，还是正在高潮。虽然她并不与东头的苏联老太太走动，但时时记挂着她。外祖母早晨起来出了院子，总是习惯地望望她家的烟囱。看到那座房子有炊烟升起，她就放心了。

我来到漠河乡的第二年冬天，外祖母有天发现苏联老太太家的烟囱没有冒烟，觉得奇怪。挨到中午，见烟囱仍无声无息的，她慌了神，赶紧打发家人去报给春生的大爷。春生的家人得了信打开门后，发现苏联老太太已经硬了。

参加苏联老太太葬礼的人很少很少。春生不知道死是什么，企图把他奶奶从炕上扶起。待他发现他的努力无济于事时，他哭了，我也哭了，因为我再也吃不到那么好的蚕豆了。窗外的麻雀在半空中飞着，就像老天淌下的大颗大颗的泪滴。

苏联老太太死于七十年代初，外祖父则活到了九十年代。他过了八十就糊涂了，一张嘴全是去了阴间的人，唤人家跟他喝酒，或是给他做饭。那一辈人中，跨过新世纪的只有外祖母，她是二〇〇九年中秋节的黎明过世的。

我回乡奔丧时，特意去寻老房子。没有想到，在乡间小路竟遇见了春生！他破衣烂衫，步履蹒跚，如果不是他的灰眼珠，我很难认出那就是春生！虽然不到六十，但他看上去像是八十的人了。满面皱纹，头发和胡子都白了，牙也快掉光了。我叫了声“春生”，问他还记得我吗？他仔细打量了我一番，跟小时候一样嘿嘿乐了，指着近处我家已经下沉的老房子说：“咋不记得，你是这家的，一小可淘气了！”我问他家里还有什么人？春生告诉我，他大爷死了，他一个人过。我又问他娶没娶媳妇？他凄惶地看着我，说：“咋没找？娶了一个，跟我过了没几年，他妈的被人拐跑了。”我问他跑哪去了，春生摇着头说不知道。

望着春生衰老的背影，我想起中秋节为外祖母守灵时，挂在天上的那轮圆月。那是多么圆满和光华的月亮呀。感觉那夜的月亮就是个炉子，而月华就是外祖母生起的灶火。是呀，外祖母选择月圆的日子升天，奔的就是月亮里那一炉好灶火吧。

我的耳畔仿佛又响起四十年前外祖母亲切地吆喝我的声音：“猫儿，你去给姥姥抱块柈子。”可惜我现在抱着柈子，也无法送到外祖母的怀抱了。再说了，月亮里烧的是桂树呀。

夏：祖父与飞鸟

我从漠河乡回到父母身边，是一九七三年的夏天，读二年级了。

我们家所在的山镇叫永安，只有小学和初中。如果上高中，就得去离家十多里地的塔河。塔河是个林业局，有几幢红砖的二层小楼，在我眼里那就是圣殿了。

我们小镇是清一色的糊着黄泥的板夹泥房子。这种房子举架底，窗户矮矮趴趴的，夏天时敞着窗，鸡和狗进屋子，往往不走门了，越窗而入。它们有时腿脚不利索，蹬翻了窗台上的花盆，那就遭殃了。母亲会捉住调皮的鸡，用剪子铰掉它翅膀和尾巴上的羽毛，让它飞不起来；对待狗，她动用的则是笤帚疙瘩，啪啪打狗头，让它长记性。狗当时是记住了，耷拉着尾巴蜷缩在墙角，呜呜哀叫，可是不出三天，它又撒欢跳窗了。其实被损伤的花盆都是泥盆，不金贵；栽植在其中的花儿，也都寻常，不过是玻璃翠、绣球、灯笼花之类。

我回到永安后，发现家里多了两个新成员，祖父和小叔，他们是从帽儿山来的。

祖父五十多岁，国字脸，剑眉，鼻梁挺直，眼睛黑亮，目光犀利，满头乌发，腰板溜直，声若洪钟，大踏步走路，一派硬朗之气。小叔十七八岁，圆头圆脑，整日武枪弄棒，打遍邻里。他们住在生产队前面的草房，有两片大菜园。

祖父衣着洁净，爱吐痰和皱眉，好像总是气不顺。因为父亲在哈尔滨擅自报名参加大兴安岭的开发建设，断了祖父的城市梦，所以他对父亲有一股说不出的恨！据说我没回来时，祖父有回扛着斧子雄赳赳地来到我家门口，吆喝着：“老大，你给我出来！”要把父亲给劈了。

父亲是长子，叫“迟泽凤”。他有两个弟弟，二叔“迟泽鸣”，小叔“迟泽岐”。祖父祖母想再添个男孩，圆了“凤鸣岐山”的美梦，可惜小叔三岁时，祖母去世了。“迟泽山”没指望了，祖父便把小叔“泽岐”的名字改成“泽福”，只留下“凤鸣”。祖母去世时，还不到四十。她的死与日本鬼子有关。祖父家在帽儿山的时候，有天祖母坐在院子里洗衣，日本飞机突袭，一颗炸弹在附近落下，爆炸声吓破了她的胆儿，从此后一病不起，没多少日子，丢下还在吃奶的小叔走了。所以祖父一提起日本人，目中喷火，咬牙切齿，说是中国跟哪国友好都可以，就是不能跟小日本！他见我扛着红缨枪上学，最爱说的是：“杀鬼子！”红缨枪的枪头是木头的，为了使它看上去像金属的，刷了一层银粉。这样的枪头，连稻草人都扎不透，别说是血肉之躯了。

永安的房子不像漠河乡，没有独门独院的。一幢房子，少则两家，多则四家。我家住的那幢房子，就有四户人家。一般来说，把两头的人家，屋子和菜园都大，而中间的住户就窄巴了。虽然父亲做校长，但我们家住在中间，只有两间屋子，一个小灶房。弟弟和父母住大屋，我和姐姐住巴掌大的小屋，差不多是进屋就上炕。

祖父一旦不痛快了，就会找父亲撒气。他来我家闹时，小叔会提前通风报信。说："快，你爷找你爸算账来了，快插大门！"我们赶紧把大门闩上，将怒气冲天的祖父挡在门外。

祖父一来闹，我除了害怕，还觉得羞耻。因为一左一右的邻居，听到骂声，会跑来看热闹，听他历数父亲的不是，那简直就是一台戏。在祖父心中，父亲最大的不是，就是不该来这个冰雪之地，逼得他们也得跟过来，大家伙一起下火坑。

祖父嫌我们这里冬天长，两眼一望白茫茫，拉泡屎还得分两起，不然屁股就冻麻了，实在不是人待的地方。他还嫌这里没电，没自来水，没饭馆和澡堂子，人不活泛，死气沉沉。祖父进不了门，不耽误他骂。骂够了，他总要将一口痰吐在我家大门口，最后骂一句："犟眼子！"悻悻离去。大门外的人散去了，可我们久久不敢打开家门。怕开门的一瞬，会飞来祖父的痰和斧头。

祖父无休止地与父亲作对，弄得父亲很没面子，所以一开始我讨厌祖父，觉得他就是从天而降的妖魔，专为人不痛快儿来的。在路上碰见他，我很少叫他"爷爷"，他也不正眼瞧我。有时候，我远远看见祖父的身影，赶紧开溜，不想撞他的冷脸子。

祖父很会种菜，他的两片菜园，精耕细作，勤于施肥，成为我们小镇农人最羡慕的园田。园里没有杂草，菠菜和大葱翠绿翠绿的，豆角豌豆爬满架，土豆圆滚滚，黄瓜脆生生，西红柿和茄子红红紫紫地压弯了秧。祖父除了种菜，还在边边角角种了花儿，向日葵，大烟花，扫帚梅，爬山虎等，然而这些还算不上绚丽。祖父的菜园最诱人的是什么呢？别家的园子顶多有青蛙和蝈蝈的叫声，而他的园子，鸟声阵阵。祖父喜欢捕鸟，将它们关进笼子，挂在菜园的豆角架下。笼子里少则两只，多则四五只。最特别的笼子，是“叫油子”待的“滚笼”。什么是“叫油子”呢，就是喜欢叫，而且叫声最动听的鸟儿。它独居的“滚笼”，一左一右有两个翻转的小门，上面别着谷穗。叫油子热烈叫着的时候，会引来半空中飞翔的鸟。它们看到滚笼上的谷穗，不顾一切冲下来。当它们脚踏着翻转的门时，至多啄上一口谷子，就会落入陷阱。所以叫油子在我眼里，是个不折不扣的叛徒。其他笼中的鸟儿，看着阳光好，或是看着花儿好，也会动情叫上一刻。但它们看见笼外的鸟儿被叫油子叫来，想起自己的不幸了吧，会停止歌唱，极少帮衬。

一个鸟语花香的菜园，对我的诱惑实在太大了，我情不自禁地靠近它。祖父知道他的菜园在永安是最好的，怕鸡鸭鹅狗钻进去糟蹋了菜地，只要栅栏的空隙稍大一点，他就会去河岸用镰刀砍了柳条，加密栅栏，所以溜进他菜园的，除了各色小虫子，就是如我这般小孩子的贪馋的目光了。我除了觊觎菜园的花鸟，还觊觎里面的西红柿和黄瓜。柿子只要冒红了，祖父就会把那棵秧子拴上一根绳儿，系个死扣，让你解不了。若是小孩子跳进栅栏偷了柿子，他会立即发现，从而责骂小叔没守好菜园。那时锁头还是金贵的东西，他不用于锁家门，而是锁了菜园的门，钥匙拴在他的腰上，任谁也别想进去。看着柿子一天天红透了脸，顶花带刺的黄瓜舒展着婀娜的细腰，我直流口水。有一回我眼巴巴地扒着栅栏门看柿子时，被祖父撞见，吓得我拔腿就跑。祖父喊住我，蹙着眉，先是骂我是个馋嘴巴子，没出息，然后叹息着摸出钥匙，打开菜园门，给我摘了个通红的柿子，再将拴着绳子的那个秧岔掐断。正当我窃喜找到了偷柿子的诀窍时，他警告我别打歪主意，别人掐掉秧岔儿，他一眼能看出来。

那个通红的柿子如同一场日出，融化了我和祖父之间的坚冰，此后我常去他的草房。那座草房有两间，小间在东头，放置农具和鸟笼，我叫它“鸟屋”；西头大的那间住人。我进了祖父的住屋，才明白他为什么不锁门，里面实在没什么可偷的呀。炕柜塞着两套行李，地上用木架子支起两口箱子，里面装着旧衣服。箱子上摆着两个镜框。大镜框镶着七八张黑白照片，居中的尺幅最大，七八寸，是祖父年轻时在山东老家的照片。他说那时家境好，开着油坊，雇了不少伙计。祖父穿长衫坐在中央，一副老爷的派头，而他周围，大都是穿短衫的人。我问他为什么后来变穷了？他只说“败家了”，至于怎么败的，他不肯说。其他的小照片，都是他的各路亲戚。而小镜框里只镶着一张照片，是我的祖母。她银盆大脸，梳着光亮的发髻，大耳垂，温顺而明净的大眼睛，眉毛和嘴唇弧线优美，沉静秀气，胸怀大度的模样，看不出是个短寿的人，更看不出是个能把胆儿吓破的女人。一到春节，祖父会在祖母的照片前摆上一双筷子，一只碟子。碟子里通常是三只水饺。平素，大镜框落灰了祖父不管，小镜框总是一尘不染，光可鉴人。有时我端详祖母时，我的头会映在镜框里，那种感觉就好像是被祖母给捉住了，心惊肉跳的。

我从漠河乡回来的次年，父亲被教育局发配到塔河粮库当装卸工。因为他跟进驻学校的工宣队吵翻了，嫌他们劳动课安排多，挤占了文化课，骂他们“狗屁不懂”。在工人阶级领导一切的年代，父亲的言行，无疑是自讨苦吃。祖父见父亲落魄了，同情起他了。那时小叔已参军，到北京当铁道兵去了。祖父没有串门子的习惯，但隔三差五的，他会到我家一左一右的邻居家坐坐，打探父亲的消息。祖父踏进人家门槛，也尴尬吧，总要大声咳嗽一番，手中还拎着东西。春夏秋是青菜、葱、小白菜或是芹菜，都是打成捆的，说是自己吃不了，让人家帮着吃；冬天呢，是用于引火的桦树皮或是松明。漫漫长冬，烧火可是个大事。邻居也明白祖父的用意，会告诉他，我父亲哪天回来高高兴兴的，哪天又骂骂咧咧的。祖父听到父亲不好的时候，会骂一句：“孬种！”我在自家小院听得清清楚楚。祖父若是在西头的木匠家打探情况，还要慨叹：“写粉笔字的，就是赶不上拿刨子的！”确实，小镇有了婚丧嫁娶一类的事时，木匠就神气起来了。结婚的要打箱子柜子，死去的要打棺材。木匠干活，除了得工钱，讲究的人家，还会送上烟酒糖茶或是鸡蛋细粮。所以木匠家的灶房，常有香味飘出。只要西院一响起“嚓嚓——”的刨子声，我便知道谁家要办喜事了。因为打棺材是不在他们家的，木匠会去出了丧事的人家干活。

祖父什么时候登我家门呢？除了端午、中秋和春节，就是家里有肉吃的时候。猪肉凭票供应，只要供销社来了猪肉，大人会派我们这些小孩子排队买肉。肉来得有限，卖着卖着就没了。一旦售货员扯着脖子喊肉卖不上几份了，后面的人不用排队了，规矩的队列就像被狂风吹倒的栅栏，立刻就散花了。大家蜂拥着往前挤，叫喊着，窗口前高高低低地竖起一条条攥着肉票的胳膊。我虽然个子矮，但一到这时，力气出奇地大，总能挤到窗口，将胳膊伸到最前面。母亲见我有这本事，家中买肉的活儿，几乎轮不到姐姐和弟弟了。也奇怪，春天让我拉犁杖或是冬天拉烧柴，我没精打采，腿脚发软；可一旦知道到嘴的肉要飞了，便力气倍增，奋不顾身地向前冲。买肉前，母亲总嘱咐买肥的，肥肉可以炼成荤油，补充家里豆油的不足。可是到了最后，抢到肉就是胜利，没法挑肥拣瘦了。家里炖了肉，母亲会打发我去请祖父来吃肉。祖父很难请，往往一次请不来，要去两次。他来时总要提篮青菜，或是拎一摞桦树皮，表明他不是白吃。来了板着脸，又是吐痰又是叹气的，皱着眉坐在上位，好像我家没一个让他开心的人。所以别人家吃肉一团和气，我家吃肉像吃丧饭。

只有我知道，祖父在肉上没亏着嘴。他吃的肉不用票买，是老天无偿供应的家雀肉。

祖父不是好捕鸟么，鸟儿要吃粮食的，捕多了养不起，他就把其中的家雀烧了吃。因为笼中的鸟儿，灰突突的家雀居多。祖父怎么弄死家雀呢？他来到鸟屋，打开鸟笼门，手伸进去，逮着个傻乎乎胖嘟嘟的家雀，将翅膀别住，紧紧攥住，然后运足力气，投铅球似的，“啪——”的一下，奋力摔向西屋钢铁般的墙壁。家雀瞬间头破血流，一个跟头栽下来，呜呼哀哉了。祖父每次大约摔上两三只家雀，然后提着它们去灶房，放到金红的火炭上，手持炉钩子，小心地翻转着。也就十来分钟吧，家雀熟透了。剥开它身上被烧得黑乎乎的表皮，嫩红的肉就蓓蕾般地露出来了。将它胸腹处的内脏掏出来扔掉，在盐巴上轻轻一蘸，就可以吃了。家雀肉的香嫩，是其他肉无法比拟的！祖父说这世上最好的荤腥，一个是鸟儿，一个是鱼儿。它们一个不停地蹦跶，一个不停地摆尾，通身活肉，美味异常。小叔走了后，我常去草房，发现了祖父吃家雀的秘密。为了封我口吧，他偷着给我烧过几次家雀，嘱咐我不许声张，说是让人知道不好。祖父与我吃家雀时，总是把乳白的脑抠出来给我，说是我吃了它，脑袋就灵光了。在他眼里，我是个笨女孩吧。

祖父爱鸟，可他摔家雀时的模样，实在可怖。所以每回吃完家雀，想起鸟屋那面血迹斑斑的墙，我又会恶心起来。

祖父夏天种菜，冬天拉柈子。菜和柈子自己使不了，就去卖。菜卖到塔河，他得挑着菜筐徒步进城；而柈子卖给小镇的粮店、卫生所或是学校。我记得柈子是论“个”卖的，码起来一平方米见方的柈子算一个，才卖八九块钱。一个人冬天拉着手推车进山，拼死拼活地干，也不过卖二十个柈子。祖父挣来的那点钱，没用于吃穿，都撇在路上了。他在永安待不长，隔个三五年，就张罗回关里。仅凭他攒的那点钱，是不够上路的，母亲得给他添。家里若是钱不够，就出去借。祖父回关里的路线是，先到哈尔滨看他的四弟，然后到山东看他的三弟。他回来的时候，至多带上两斤花生米和一包地瓜干。

有回祖父千里迢迢归来，竟提回了一笼鸟！那里面有两对色彩艳丽的鸟，我们小镇人绝没见过的，于是大家都去他的草房看鸟。祖父神气得像是中了皇榜，跟人说这鸟多么金贵，花了他多少多少钱等等。母亲听说祖父把钱都撇在鸟身上了，气个半死。不过，那些鸟水土不服吧，陆续死了，最后只剩下一只娇凤。

祖父在七十年代末得了脑出血，从此后腿脚不便，干不了力气活了。祖父摔家雀，它们的脑袋因他而出血，而他的脑袋最终也出血了，这是不是报应呢？从此后，我再也不敢吃烧家雀了。祖父病后，母亲做好了饭，会唤弟弟送过去。晚上，才十来岁的弟弟就陪祖父睡在草房。祖父因病腿脚发凉，弟弟把炕烧得滚烫滚烫的，他还嫌凉，灶坑也不敢断火，褥子都被烙糊了，热得弟弟直淌鼻血。祖父心疼他，说得了大孙子的济了。所以晚年的祖父，最疼的就是弟弟了。不过他对父亲还是怨气十足，说是不叫他把他招到气候恶劣的大兴安岭，他也得不了病。

祖父养病时，把东屋的鸟笼提到西屋，时时看着。听着鸟叫，他的神情会愉悦一些。有两只鸟深得祖父喜爱，一只是从山东老家带回来的娇凤，还有一只是叫声明朗热烈的铜嘴腊子。祖父每天会蹒跚着下地，哆哆嗦嗦地抓瓜子给它们吃。

祖父第二次脑出血，被死神劫走了。那是一九八一年初春，我正在塔河二中加紧复习，准备高考。葬完祖父，我们把他养的鸟全部放生了，包括那只娇凤和铜嘴腊子。

然而第二年开春，父亲带着弟弟去山上给祖父烧周年时，一进墓园，便闻一阵清脆的鸟鸣。但见祖父的坟上，立着一只金黄嘴巴的鸟儿！它昂着头，像是见了久别的亲人，一声比一声叫得欢。家人凑近一看，啊呀，竟是一年前被放生了的祖父心爱的铜嘴腊子！

秋：母亲和生产队

我们小镇有正式工作的，也就三四十人。他们分布在学校、供销社、粮店、卫生所、种子站和山场的伐木点，是拿工资的。其他的人，只要年轻力壮，无论男女，都在生产队。

生产队说白了，就是劳动群众的家。大的生产队拥有几十垧地，上百人；小的生产队也就四五十亩地，二十来人。我们小镇有四个生产队，队下面又分了组。生产队有队长、副队长、会计、出纳员和记工员。那时实行工分计酬，男劳力每天挣十个工分吧，女的也就七八个工分。母亲是一队的出纳员，除了记账，她还做领工员，也就是领着社员干活的人。好的年景，她的收入，赶得上父亲一年的工资了。一到这时，母亲会把分到手的那摞钱夹在指间，打快板似的，哗啦啦甩着，在家人面前炫耀。分红大都在腊月，正是忙年的时候。生产队一分完红，小镇供销社的门槛，就快被人踏平了。男人们打酒买烟，孩子们买鞭炮糖果，女人们买花布、棉鞋、酱油、米醋、粉条、蜡烛、毛巾、肥皂、雪花膏、卫生纸等等，恨不能把货架掏空了。

母亲所在的一队是永安最大的生产队，人数多不说，它的场院，比学校的操场都大。生产队有一座狭长的板夹泥房子，社员们叫它“队屋”。队屋的东头是豆腐房，西头是牲口棚。队屋后面，还有一座小仓库。

每天天不亮，一个姓高的胖女人就来生产队套驴拉磨，给一队的社员做豆腐了。豆腐出来，太阳也出来了。豆腐无非两种，雪白的切得四四方方的水豆腐，以及像黄手帕一样干爽柔软的干豆腐。做豆腐是大人的事，换豆腐则是孩子的事。早晨起来，往往还没洗脸呢，母亲就递过一个装着黄豆的铝皮盆，打发我换豆腐。吃豆腐的人家多，豆腐做得有限，晚去就没了。

队屋最大的那间，在房子的当央，是社员们聚会的地方，光是一铺大炕就有二十多米长。队长领着社员学习，分派活，都是在炕上进行的。通常是女队长盘腿坐中央，社员们蜷腿坐四围。队长抽烟，社员也抽。所以队屋一开会，母亲回家时，一身的烟气。幽默的父亲，会划根火柴冲她比划，说要把她点着抽了。哦，母亲要真是根香烟的话，还是过滤嘴的呢，因为她常穿黄胶靴。

生产队开会大都在晚饭后，社员们吃饱了喝足了，舒舒服服坐在热炕上，打着饱嗝放着响屁听队长讲话。队长分派活儿时，大家是肃静的，一旦要念报纸学习，屋子就闹哄起来了。队长聪明，她念上几段，就说遇到生字了，把报纸撇给我母亲；母亲心领神会，跳着段落念，一篇社论被她拆得七零八落，很快就读完了。

生产队有广阔的土地，我们称为“大地”，种植着土豆、大头菜、萝卜、大葱和白菜。这些菜秋天时会被塔河镇调拨走，作为城镇居民的越冬蔬菜。队里把额定的任务完成后，余下的菜，就可自行处理了。生产队会把品质上乘的菜留着，卖个好价，以利分红。除了种菜，脑筋活泛的队长，还常承揽私活，派社员给塔河的建筑工地拉沙石，给居民区挖排水沟，给种子站栽树苗，帮林场伐木等等，捞外快。所以一队的工分，比其他生产队的值钱。也因此，二队三队的社员，总想跳到一队。但队长对社员的数量严格控制，生产队就是一个家，劳力多了，人浮于事，等于削弱队里的实力。

社员们把分红叫作“擗钱”，擗钱后若是结余多，队长就会张罗一台戏。生产队的仓库，放置的不仅是农具和各色种子，还有锣鼓及花花绿绿的戏服。一队有个叫兰英的女人，模样好，嗓子也好，是戏台的主角。生产队唱戏，队屋就是戏场，大炕就是戏台。听戏的除了社员，还有他们的家人。可是兰英的男人从来不来，尽管戏台上最出彩的是他的女人。

兰英的男人姓蓝，在塔河镇派出所上班，个子高高，一张马脸，大眼睛暴突着，腰间别把手枪，见人爱理不睬的，骑一辆大永久自行车上下班，大家叫他老蓝。因为挣得多，他归家时，自行车车把下，常吊着好吃的，麻花、糖酥饼或是猪头肉。老蓝进镇子，常引得几条狗，流着涎水跟着他的自行车狂奔。老蓝进了家门，狗们才停下来，抖抖身上的毛，悻悻地各回各的主子家去。

我们小镇同住一幢房屋的邻里，处得好的，会走一个大门，家与家之间毫不设防。东家包饺子，会送给西家一碗；西家炖肉了，也给东家一碗。鸡鸭鹅狗更是不分彼此，一起玩耍，一起吃食，晚上还常去对方家的鸡笼鹅圈睡觉。老蓝和他的邻居张瓦匠，就共用一个院子。

张瓦匠不像老蓝终日阴沉着脸，他是个快乐的人。老蓝的媳妇俊俏，他就常和她逗趣。老蓝早出晚归，他白天不在家时，兰英若想搬个重物呀，磨个菜刀呀，就唤张瓦匠帮忙，张瓦匠的女人从不计较。她虽然没有兰英漂亮，但温顺文静，面皮白净，别有一番韵味！邻居们因为这，常跟张瓦匠开玩笑，说他不容易，一手托两家！这话传到老蓝耳朵里，他认为张瓦匠和自己老婆有染，怀恨在心，起了歹意。一个夏日的礼拜天，他竟开枪打死了张瓦匠夫妇和他们的儿子！

一个警察杀死一家三口人，在当时是轰动全国的灭门惨案，公安部都来了人，我们这个不为人知的小镇一下子出了名。我还记得枪声过后，老蓝家东头的邻居跑出来叫喊“老蓝杀人了”，我拔腿跑到出事地点，扒着东头人家的板障子，察看凶案现场。只见老蓝仰面躺在地上，脖子咕噜噜地冒血泡。原来他射光了子弹，自杀时用菜刀，没有砍断脖子。想必张瓦匠很久没帮他家磨刀了，菜刀太钝了。家人见我胆大包天去看这个，吆喝我快回去，说是老蓝杀红了眼，万一爬起来，会逮谁杀谁。我吓得跑回家，一连多日不敢睡觉，一想起老蓝的样子，就恶心得连饭也吃不下去。

老蓝被救活后毙了。枪毙他的地点在采石场那一带，是最爱长蘑菇的地方。从那以后，采山的人们，都不爱去那儿了。说老蓝是横死的，鬼大。

这桩凶杀案，改变了我们小镇邻里的格局。生产队纷纷召集会，提醒社员，最好不要两家用一个院子。于是那一年，竖板障子和加高围栏的人家，非常之多。邻里之间，从此隔山隔海似的，疏于往来。不过，动物们是不管这一套的，它们出了自家小院，到了大门外的公共领地，又亲密无间地聚合在一起了。

生产队的牲畜，属于集体生产资料，是不能随意宰杀和转卖的。有一年，队长见一头牛老得干不动活儿了，白搭草料，而那一段供销社好久没供应肉了，便与生产队的几个骨干合计，六人合股出资，悄悄把牛宰了分吃。知内情的除了他们，还有喂牲口的老哑巴。哑巴知道的事儿，在大家眼里跟不知道一样，所以也没介意。为了避开其他社员，杀牛是在深夜。一头牛分六份，每家连肉带骨头，挑回了半担。

第二天一早，母亲关起大门煮肉。老牛费柴火，牛骨头和牛肉在大铁锅里被慢火煎熬了三四个钟头才烂。我急嘴子，肉半生不熟时，就掀开锅，取了一块牛骨，蹲在灶台前啃，累得腮帮子酸疼。牛肉熟透了，我又是一通吃，弄得满手满嘴都是油。母亲嫌我吃相不雅，说是像我这样的女孩，将来不好找婆家。我一赌气，掀开锅盖继续吃，撑得倒仰。

宰牛的事情最终还是在小镇传开了。泄密的可能是老哑巴，也可能是狗。老哑巴虽然不能开口说话，但他会比划。他喜欢那头老牛，不舍得它死。据说杀完牛，老哑巴哭了，队长给他牛肉，他坚辞不要。狗又为什么会成为嫌疑犯呢？因为这六户人家虽然是关起门来悄悄吃肉，可是吃剩的骨头，会扔给它们。狗牙和牛骨硬碰硬，一块骨头，狗得啃好几天。它们不仅在家啃，有时还叼到大门外，过路人一看它们嘴下的骨头棒，就明白了八九分。有人写了匿名信，把队长告到塔河镇。镇上派人下来调查，确认牛虽然被杀了，但它确实太老了，不能再为生产队效力了。而六个私分牛肉的人，事先都交了钱，可以从轻处罚。最后镇里给队长警告，并让她在全体社员大会上检讨，母亲与其他几人，则被扣了工分。老蓝杀人事件之后，这个被社员称为“六大股”的杀牛事件，成为小镇人茶余饭后的又一个谈资。

在我的少年记忆中，秋天是属于生产队的季节，也是属于母亲的季节。秋收的学问很大，先收什么后收什么，完全取决于庄稼的耐寒程度。萝卜和土豆要早收，傲霜的白菜和大头菜可以后收。收好的菜，通常分三等，分堆放着。母亲是一队的秋菜调拨员，哪片菜好，该进哪个等级，她说了算。而最终留给队里的好菜，要做个伪装。也就是将好的埋藏在里面，次的覆盖在外面，这样塔河镇来拉秋菜的人，就不会打它的主意了。

深秋的早晨，一挂挂从塔河驶来的马车，碾着落叶和白霜，嘚嘚来到我们小镇的庄稼地，采购越冬蔬菜了。四个生产队的菜地相距不远，但马车停在一队的时候多。往往一队的秋菜售罄，二队三队的还堆积如山呢！母亲忙完队上的活儿，会歇上一两天，然后请瓦匠来打家里的烟道和火炕，把挂了一年的灰清除，再用石灰将墙刷得雪白，用蓝油漆将炕涂得锃亮。我记忆中的七十年代幸福时光，就是秋日的午后，懒洋洋地躺在新刷了油的热炕上，一边翻小人书，一边啃青萝卜。看累了，撇下小人书的一刻，看着雪白雪白的墙壁，感觉是在云端，满心晴朗。

生产队的财富，是社员们用血汗换来的。母亲做领工员时，我不止一次听社员私下抱怨，说她领着干活太狠了！而母亲干活之所以拼命，不过是为了让大家多挣点。母亲在生产队卖力了二十多年的结果是，肩膀仄着，那是冬天在雪窝子里扛小杆、长时间受重压的缘故；而她的脊椎，骨刺丛生，常常疼得直不起腰来。

如今年届七十的母亲，一提起生产队，就一肚子火气。说是在生产队干了半辈子，没少给国家做贡献，可老了生活无保障，没有补贴，不享受医疗，只能靠子女来奉养，实在不公平！她说没有生产队，七十年代的人们，就得挨饿。我一听她发牢骚，就会拿“六大股”的事挤对她。她每回都撇着嘴辩驳，不过内容不同而已。她有时说：“要不叫我，你能吃上那么香的牛肉么？体格能这么好么？哼。”有时则说：“杀了头老牛，塔河镇就派人下来调查了，说明那年代的人不腐败！现在别说杀牛了，当官的把单位吃空了，也没人管！”每次说完，她都要念叨“六大股”的结局，谁谁病死了，谁谁得了老年痴呆症不认人了，谁谁穷得现在还得卖菜换油盐，总之，晚景凄凉的多。

而我最想知道的，是喂牲口的老哑巴的下落。还记得有回我与邻居的女孩溜进马棚，坐在干草堆上互捉头发里的虱子，我起了顽皮，将捉到的虱子往马槽里扔，被老哑巴发现了。他瞪着眼睛，举起猪八戒扛着的那种九齿钉耙，将我们赶出马棚。在他眼里，所有的牲畜都是圣洁的。

有人说老哑巴去了山东，还活着；也有人说，他早就死了。我想老哑巴去了另一世，是回到故园了。因为那里，是一个无声的世界。

冬：父亲的和尚梦

我们家人忆起发生在父亲身上的有趣往事，往往是在冬天那些昼短夜长的日子里。

父亲与冬天也确实有缘。他生于正月，死于腊月。也就是说，他是披着雪花来的，裹挟着朔风去的。他的命运，与寒流也就有着不解之缘。虽然说父亲性格明朗热烈，像团火焰。

祖母去世后，祖父独自拉扯着三个未成年的儿子，艰难度日。父亲十多岁时，祖父将他送到哈尔滨读中学，指望着父亲将来出息了，将他们从帽儿山带出来。祖父的四弟，也就是我的四爷爷，那时在哈尔滨的兆麟公园看大门。父亲平时住校，周末回四爷爷家里。虽然父亲的生活费由祖父出，可有时候他入不敷出了，四爷爷就得添钱。四爷爷多子多女，生活拮据，常添也添不起。所以父亲读中学时，常因家长没能及时续上伙食费，而断炊挨饿。父亲说这样的窘况总是发生在月底，他提着饭盒去食堂打饭，轮到他时，伙夫会用勺子敲打着盆沿儿，高叫着："迟泽风，停伙了！"他只能羞愧地离开队伍，提着空饭盒走开。

父亲上中学时功课优异，音乐天赋尤其好。他是就读的中学里，小提琴拉得最好的学生。然而，无论是祖父还是四爷爷，都不可能供他继续求学，上他梦想的音乐学院了。父亲中学毕业后参加了工作，在哈尔滨的一家小型工具厂给职工教书。可是这份工作他并不称心，一九五六年，大兴安岭开发上马，年仅十九岁的他没有同家人商量，毅然报了名。当四爷爷得知父亲要去大兴安岭的消息时，他即将踏上北上的旅程了。四爷爷赶到火车站，找到父亲，泪涟涟地送给他一双七毛钱买的球鞋，还把身上的中山装脱下来送给他。父亲一去三十年，直到病逝，再没回到哈尔滨。他与四爷爷在火车站的告别，竟成永诀。

父亲来到天高地阔的大兴安岭，先是与几个朋友，在漠河乡办学，接着参加了放映队，给各个林场放映电影，丰富伐木工的文化生活。据说父亲做放映员的时候，热恋上了酒。冬天的时候，户外常常零下三四十度，父亲带着放映机和拷贝坐在马爬犁上，在林海雪原穿行，怀揣酒壶，走一程就得喝几口暖身子。而各个林场，总是好酒好肉款待放映队。有时候电影还没开演呢，父亲就被灌醉了。放映员醉了，银幕上的喜怒哀乐无法上演，人们只能眼巴巴地等着父亲醒来。

结束了放映队的生活，父亲回到漠河做教师，有了终身相依的伴侣。母亲认识父亲的时候，才十七岁，是乡广播站的广播员。因为是乡长的女儿，模样俊俏，嗓音甜美，给母亲介绍对象的人很多。可她最终还是选择了贫穷的父亲。母亲说父亲英俊，开朗，有才。他的毛笔字漂亮，吹拉弹唱样样都通，爱读书。他从哈尔滨来大兴安岭时，带来的唯一家当就是书。母亲十八岁时，嫁给了父亲，婚礼由外祖母家筹办。父亲坐着马爬犁，把母亲接进了洞房。父亲最爱对我们说起母亲的一件笑料就是，新婚的第二天早晨，他刚起来，听见灶房传来母亲的哭声。过去一看，原来这个家庭主妇，因为点不着火，无法做饭，蹲在灶坑前抹眼泪呢。母亲也真是没白哭，从此以后，生火做早饭的永远是父亲。自我记事起，每个早晨，都会先听见门响，之后灶房“哗啦——”一声响（那是父亲从院子里抱来劈柴了），接着是劈柴“噼啪噼啪”燃烧的声音，再接着是父亲哼小曲的声音（他喜欢一边做早饭一边唱歌），最后是父亲挨个屋子热情洋溢的叫嚷声：“起来啦，起来啦！”这说明早饭妥了。

父母婚后两个月，把帽儿山的二叔接来读书。父亲辅导他，考上了齐齐哈尔医学院，成为大兴安岭最早考上中等医学专科院校的学生。我出生的次年，全家从漠河乡移居到三合站，然后又到了十八站林业局，最终定居在永安。不管换多少地方，父亲的角色始终不变，一直是教书匠。只不过到永安以后，他做了校长。“文革”开始后，父母先后倒了霉。父亲去“五七”干校，母亲因为来自中苏边境的漠河，被划定为苏修特务。父亲一两个月才回家一次，母亲若是被拉出去批斗，我们在家就没人管了。母亲说有一回她挨完斗回家，一进屋，发现我独自在炕上睡得正香，可枕畔却盘着一条蛇！我们家在山脚下，那是夏天，窗户敞着，蛇就是这样爬进来的。母亲说她被吓得半死，以为蛇会咬我。可是这蛇绕着我爬了一圈，像是给自己画了个句号，溜出窗户了。多年以后母亲忆及此事，还一脸惊恐。我笑着对母亲说，我属龙，蛇不好对同类下口吧。

母亲说，“文革”一开始，她和父亲就把被禁的书籍，用麻袋装着，背到松树林烧掉了。她回忆说，除了《红楼梦》等四大古典小说名著，还有巴金、老舍和张恨水的小说。

父亲在我们小镇，按时下人的说法，是个另类。他喜欢拉小提琴，喜欢念诗，喜欢在大地干农活时，采一把草甸子的野花，吊在锄头或镐头下扛回家。他被工宣队赶出学校后，竟然到塔河林业局找党委书记说理，人家不待见，他就坐在办公楼的台阶上控诉，说是党委决策失误，工人阶级只会毁掉学校，撤掉他是错误的，早晚有一天还得用他这样的人。

父亲去粮库后，和那儿的装卸工打成一片。他的酒喝得更甚了，而且学会了打情骂俏。我们小镇有一个叫田荣的女人，矮矮胖胖，倭瓜脸，屁股跟洗衣盆一般大，没心没肺的，整天跟鹅似的嘎嘎乐，男人见了他，都爱抱她一下取个乐子。父亲落魄后，有一次喝多了，见着田荣竟然也伸出手臂抱她，而我家的狗在一旁跟着热情洋溢地摇尾巴，路人见之，无不大笑，气得我直想剁掉父亲的手和狗的尾巴。父亲在粮库时，常揣着一兜黄豆回家，给我们炒豆子。我们说这是偷，他辩驳说粮库的人都这么干，他不拿，别人会瞧不起。而母亲参与“六大股”杀牛时，他也支持，是他深夜把牛肉担回家的，说是老牛成了废物，不能为生产队创造剩余价值了，该杀。只是杀牛时，属牛的他躲得远远的。

父亲懂得多，上至天文下至地理，别人聊什么，他都能接上茬。小镇人嫉妒他什么都能插上话吧，送他个“迟大白唬”的外号。我讨厌别人这么叫他，上初一时，有一天课间操，我去水房接水喝，一个男生在我背后叫了声“迟大白唬”，我怒火中烧，扔下茶缸，操起炉旁的一截松木杆，打算教训这个男生。他见势不妙，撒腿就跑，我一路追出水房。男生腿长跑得快，我就把松木杆当标枪一样投掷过去。虽然没命中目标，但把他吓得哇哇直叫，溜出操场，下一节课都未敢上。从此后他见着我，躲躲闪闪的，再不敢当我的面，喊父亲的绰号了。

父亲是个内心情感丰富的人。他拉小提琴，往往拉着拉着，眼睛就会湿了。他写毛笔字，也是写着写着，就要吟诵他喜欢的诗词。而他喝酒喝到兴处，会用筷子敲碗，唱起歌来。我们姊妹三个，他最喜爱的是我。每到春节，他为邻里写对子，我会帮着他把《春联集全》的书打开，裁剪红纸，铺展开来，让他挥毫。待墨迹干后，再将它们一幅幅折叠好。除了做他的“书童”，我还在他的鼓励下编春联，供他挑选。有一年我家的仓房贴的就是我创作的春联，我把父亲的小名“满仓”编了进去。父亲写完后，我点着条幅，怪里怪气地叫了声“满仓”，他才反应过来，又喜又气地举着饱蘸墨汁的毛笔朝我扑来，要给我画鬼脸。

七十年代末，父亲平反，又回永安学校做校长了。几年的粮库劳动，再加上恋酒成癖，他看上去衰朽了。他端酒盅时，手抖得厉害，酒常会溢出，不得不改用大号的暖壶盖做酒盏，这样就洒不了了。他也不像从前那样爱唱歌了，他歌声的翅膀在岁月的狂风中，无知无觉地折断了。他身上唯一没变化的，是对工作的执著。除了睡觉，他就长在学校，哪怕是礼拜天。他有时会说一些奇怪的话，比如在电视上看见宋庆龄，他就换台，说是她要是早早跟着孙中山死去就好了。说到毛主席，他则一声长叹，说英明的他最不该娶个戏子做夫人。提到林彪，他说叛国的人没有好下场，可惜了他过人的军事才能。他还常说要是不结婚多好，光棍一条，就可以像弘一法师那样，做个出家人，青灯古刹旁，碧水青山中，远离政治运动，远离人与人之间的尔虞我诈，干干净净了此一生。李叔同的《送别歌》，是他除了曹子建的《洛神赋》之外，最喜欢的词了。父亲一唠叨他的和尚梦，母亲就抢白他，说李叔同是半路出家，他也可以像他那样抛妻弃子，遁入空门呀。父亲连说那可不行，老婆孩子没人照应，他不落忍。母亲说，就冲你恋酒的份上，这辈子也别想当和尚了！

父亲过度酗酒，年仅四十九岁就过世了。他走的那天，老天好像在开音乐会，轻灵的雪花如音符一样飞扬。怕他在那一世会冻着，我们为他穿上了厚厚的棉袄、棉裤和棉鞋，这使他看上去像个襁褓中的婴儿。他的形影不在了，可灵魂依然活跃，我们常常能从清晨起床的母亲嘴里，听到关于父亲的消息。父亲穿着中山装去城里开会了，父亲拉小提琴把鸟儿引来了，父亲找了个模样俊俏的女人给他做饭了等等。母亲幽幽诉说着，好像这一切不是梦，而是活生生的现实。

我也常梦见父亲。有一次，我在梦中见到他坐在溪畔的石头上，身披袈裟，抚琴而歌。他的头颅因为没有一丝头发，在幽暗的森林中，就像一盏青白的灯。

2010 年 10 月于哈尔滨